黄春明小说集③

放 生

黄春明 著

北京联合出版公司
Beijing United Publishing Co.,Ltd.

图书在版编目（CIP）数据

放生 / 黄春明著. -- 北京：北京联合出版公司,2019.9
（黄春明小说集）
ISBN 978-7-5596-3480-1

Ⅰ. ①放… Ⅱ. ①黄… Ⅲ. ①短篇小说—小说集—中国—当代 Ⅳ. ①I247.7

中国版本图书馆CIP数据核字(2019)第153657号

本书经联合文学出版社股份有限公司授权，非经书面同意，不得以任何形式任意改编、转载。

放　生

作　　者：黄春明
出版监制：谭燕春　高继书
选题策划：厦门外图凌零图书策划有限公司
责任编辑：龚　将　夏应鹏
封面设计：周富标
内文排版：孟　迪

北京联合出版公司出版
（北京市西城区德外大街83号楼9层　100088）
北京联合天畅文化传播公司发行
武汉市盛宏源印务有限公司印刷　新华书店经销
字数142千字　700毫米×1000毫米　1/32　9.25印张
2019年9月第1版　2019年9月第1次印刷
ISBN 978-7-5596-3480-1
定价：45.00元

版权所有，侵权必究
未经许可，不得以任何方式复制或抄袭本书部分或全部内容
本书若有质量问题，请与本公司图书销售中心联系调换。电话：（010）64258472-800

总　序

听者有意

　　为自己的小说集写一篇序文，本来就是一件不怎么困难的事，也是"礼"所当然。然而，对我而言，曾经很认真地写过一些小说，后来写写停停，有一段时间，一停就是十多年。现在又要为我的旧小说集，另写一篇序文，这好像已经失去新产品可以打广告的条件了，写什么好呢？

　　在各种不同的场合，经常有一些看来很陌生，但又很亲切的人，一遇见我的时候，亲和地没几分把握地问："你是……？"我不好意思地笑笑，他也笑着接着说："我是看你的小说长大的。"我不知道他们以前有没有认错人过，我遇到的人，都是那么笑容可掬的，有些还找我拍一张照片。我已经是七十有五的老人了，看他们稍年轻一些的人，想想自己，如果他们当时看的是《锣》《看海的日子》《溺死一只老猫》，或是《莎哟娜啦•再见》《苹果的滋味》等之类，被人归类为乡土小说的那一些的话，那已是三四十年前了，算一算也差不多，我真的是老了。但是又有些不服气，我还一直在工作，只是在做一些和小说不一样的工作罢了。这突然让我想起幺儿国峻。他念初中的时候，有一天我不知为什么事叹气，说自己老了。他听了之后，跟我开玩笑地问我说，"老吾老以及人之老"这一句话用闽南语怎么讲？我想了一下，用很标准的闽南读音念了一遍。他说不对，他用闽南话的语音说了他的意思，他说："老是老还有人比我更老。"他叫我不要叹老。现在想起来，这样的玩笑话，还可以拿来自我安慰一下。可是，我偏偏被罩在"说者无心，听者有意"这句俗谚的魔咒里。

  当读者纯粹地为了他的支持和鼓励说"我是读你的小说长大的"这句话，因为接受的是我，别人不会知道我的感受。高兴那是一定的，但是那种感觉是锥入心里而变化，特别是在我停笔不写小说已久的现在，听到这样的善意招呼，我除了难堪还是难堪。这在死爱面子的我，就像怕打针的人，针筒还在护士手里悬在半空，他就哀叫。那样的话，就变成我的自问：怎么不写小说了？江郎才尽？这我不承认，我确实还有上打以上的题材的好小说可以写。在四十年前就预告过一长篇《龙眼的季节》。每一年，朋友或是家人，当他们吃起龙眼的时候就糗我，更可恶的是国峻。有一次他告诉我，说我的"龙眼的季节"这个题目该改一改。我问他怎么改，他说改为"等待龙眼的季节"。你说可恶不可恶？另外还有一篇长篇，题目叫"夕阳卡在那山头"，这一篇也写四五十张稿纸，结果搁在书架上的档案夹，也有十多年了。国峻又笑我乱取题目："看！卡住了吧。"要不是他人已经走了，真想打他几下屁股。

我被誉为老顽童是有原因的，我除喜欢小说，也爱画图，还有音乐，这一二十年来爱死了戏剧，特别把儿童剧的工作当作使命在搞。为什么不？我们目前台湾的儿童素养教材与活动在哪里？有的话质在哪里？小孩子的歌曲、戏剧、电影、读物在哪里？还有，有的话，有几个小孩子的家庭付得起欣赏的费用？我一直认为小孩子才是未来。因为看不出目前的环境，真正对小孩子成长关心，所以令我焦虑，我虽然只有绵薄之力，也只好全力以赴。这些年来，我在戏剧上，包括改良的歌仔戏和话剧，所留下来的文字，不下五六十万字，因而就将小说搁在一旁了。

非常感谢那一些看我小说长大的朋友，谢谢台湾联合文学的同仁，没有他们逼我将过去创作的小说整理再版，我再出书恐怕也遥遥无期。我已被逼回来面对小说创作了。

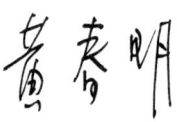

本文原载于二〇〇九年联合文学版《黄春明作品集》

序

《放生》小说集当年在联合文学出版，这是20世纪末台湾文坛的一件大事。

对于《放生》中的作品，我先后发表过一些浅见，首先是一九九四年五月十四日在民进党主办的"黄春明与宜兰乡土"座谈会上，我以《猪狗禽兽——黄春明近期小说的动物意象》为题，谈论了其二十世纪八十年代后期的四篇作品，通过动物与人物的关系，及在情节中的作用，分析黄春明后期的乡土经验。其次是在一九九七年五月"第二届台湾本土文化国际学术研讨会"（台湾师大人文中心主办），我发表的论文是《老者安之——黄春明小说中的老人处境》，从早期的作品讨论到这四篇；一九九九年由台湾中央大学中文系主办的"台湾文学中的社会研讨会"中，我的论文《家的变与不变》讨论到早期《北门街》和近期《打苍蝇》中的卖家情节；而后是在北京的"黄春明作品研讨会"中，我发表的论文是《乡野的神秘经验——略谈黄春明最近的三个短篇》，这三个短篇是《死去活来》《银须上的春天》《呷鬼的来了》。

黄春明确实关怀老人。就在一九九九年，我曾几次听到、看到他激动地谈及老人问题。一九九九年初，《锣》入选"台湾文学经典"时他接受蒋慧仙的采访，提道：老人对于草木飞禽与地方文化非常熟稔，真是人文的活水源头，但是老年人却成了社会转型下的牺牲者，生时缺乏关怀与福利，甚至死无人知，还遭狗啃。因此他要替老人作见证；八月三十日，台湾《人间》杂志刊出蔡诗萍对他专访的记录稿《空气中的哀愁》，开始便谈到他的新作——一系列关于老人的作品，他说："台湾社会变迁很快，与我父执辈同一代的老者，往往被留在台湾某一处的山区或乡村，终日盼望子女能抽空回来探望，无奈晚辈们总有千万个无法返家的理由。"同时引出日本《楢山节考》电影中把老人送到山上去自生自灭的习俗，愤憾地说：我们何尝不也是如此，只不过出走的是年轻人而已，老的全遗弃在家乡。

台湾已迈入高龄化社会，农村社会更可怕。黄春明用脚读地理，走在乡间小道，深入偏远地方，他已强烈感到问题的严重性，他选择用小说去记录并探索内在的复杂性，台湾《联合报·联合副刊》在刊出《售票口》

时特别标出"老人系列",正指明黄春明这一系列作品的质性。

事实上,我们甚至可以这么说:所谓"老人系列",从《现此时先生》就已开始了。蚊子坑这个封闭的小山村,破旧的三山国王庙、旧农舍、老猫老狗和庙前的老人,他们"没有一天不聚集在这里反刍昔日的辛酸,慢慢地细嚼出几分熬过来的骄傲和叹息";接着的《瞎子阿木》,主角因女儿秀英出走而生活秩序大乱;《打苍蝇》的林旺枞把地契房契交给儿子去偿债,丧失土地以后的老农夫,只能喝酒、打苍蝇和等邮差送来挂号;《放生》的背景比较复杂,涉及恶质的政治力与经济力对农村的侵蚀,但重点还是在老人(庄阿尾和金足婆)对于即将出狱的儿子那种深切的关爱,以及老夫老妻间特有的微妙情爱。从蚊仔坑到中埔白石仑、内埤与大埤之间,以及大坑罟,一村又一村,老人和环境在明争,也和时间在暗斗,庄阿尾夫妻最后是等到儿子回家了,但恶劣的环境没有改变,儿子会不会再出事呢?秀英会回到瞎了眼的老爸身边?林旺枞的儿子会再汇钱回来吗?至于现此时先生,他还没证实报纸说的真假,已在路程中躺下去了。

一九九八至一九九九年黄春明的作品，《九根手指头的故事》是山里长大的女孩和老兵的故事，可以发展；《死去活来》的场景也在山上，八十九岁的粉娘死去又活过来的故事，对于伦理亲情的疏离有所反讽；《银须上的春天》和《呷鬼的来了》充满乡野的神秘经历，对于老人多所着墨，重点摆在社会面的老者（荣伯、现身的土地公、沈石虎、老庙祝）和孩童、年轻人的关系；《最后一只凤鸟》以冬山河上游河岸放风筝的热闹现场、吴新义吴老仙一家的四代团聚、重阳祭祖带出上一代的恩怨，以及吴老仙之母、九十三岁的吴黄凤的悲惨人生；《售票口》写老人们为子女排队买预售票所发生的诸多状况……"虽然预售票的窗口七点半才开，这里的老年人，有哪一个不为在外乡的年轻人回乡'省亲'，一大早四点半钟就去排队买票的？"结果是火生仔夫妻还没出门便被送到医院急救，老里长旺基魂不守舍，只觉得亡妻在拉他、喊他，用椅头仔排队的七仙女大饭店老板因冲突而猝死。

黄春明写了许多残躯病体：现此时先生有严重的气喘性心脏病；阿木是瞎子；林旺枞这个老农成了失去田地的闲人；庄阿尾好像没什么大病，就只是感冒咳嗽，金足婆有耳鸣和偏头痛的老毛病；粉娘不是疲，根本就是"老树败根"；荣伯老关节疼痛；老庙祝躺在病床一个多月后走了；九十三岁的吴黄凤已失智，连儿子都认不得了；火生仔和妻子玉叶，一个尿失禁、老人久年嗽，一个二三十年的气喘病嘎龟（闽南方言，比喻那些经常干咳不止的人）……这种肉体上的折磨已经难忍，如果再有精神上的压力，尤其是失其所亲（阿木的女儿离家出走；庄阿尾的儿子入狱；吴新义无法见到母亲，见了以后又不认他；老里长旺基丧偶），更是情何以堪？

可堪告慰的是老人的情感世界依然丰富，对于子女、对于相互扶持的配偶、对于邻里友朋等，有情有义，仿佛是将要消失了的社会。

在一九九九年的重九之际，黄春明出版了以老人问题为主要求的《放生》，用意深远。当我们听他说着一些动听故事的时候，诚愿大家一起来思索老幼之间、生死之际的社会人生大课题。

李瑞腾

一九九九年九月九日

李瑞腾，台湾中央大学教授、中文系主任、文学院院长。曾兼任《商工日报》副刊主编、《文讯》杂志总编辑，与友人创办《台湾文学观察杂志》《台湾诗学季刊》等。曾担任台湾的中国古典文学研究会秘书长、理事长。现仍兼《文讯》杂志社顾问、九歌文教基金会执行长、台湾诗学季刊社社长。参与组织过许多文艺和交流活动。三十年来，其著述不辍，出版诗集、散文集、文学评论集二十种，并编有二十余种各类文集。

自　序

我真不敢去想，我有多久没出短篇小说集了。有十多年了吧。如果朋友有这么多年没见，一旦在哪里相遇，肯定不会一句"久违了"就了结了。两人双手一握，一对眼睛关切地互相打量，端详多年不见的友人，到底增减了些什么；明明看到老友头上陌生而灰花花的头发，还说老样子，没变。另一方也睁眼说瞎话，眼看对方额头上，由左杠到右还没画好的五线谱，嘴巴还说："简直是帅哥嘛！"嘴巴的话不能信，只因为是客套也就不计较，另方面心里听起来也都蛮舒服的不是？可是内心的喜悦，流窜到脸部牵动脸上的肌肉，还有双手不知不觉地握碎了一把时间，握出手汁来的情形，一般来说这是可信的。多年不见的老友重逢，不亦乐乎。

但是回到我身上，我经常会碰到一些陌生读者对我说："黄先生，我年轻时候就看你的小说了。"有的还说："黄先生，我是读你的小说长大的。"他们用这样的言语跟我打招呼，同时鼓励作者。对这些一直鼓励和支持我的读者朋友，以时间来衡量，都算是老朋友了。这次联合文学不嫌老朽,还替我出版《放生》,让我又跟老友相遇,照理说是可喜的一件事。然而,对我来说,尴尬的成分多到把遇故知的喜悦,淹埋到感觉的底层去了。因为我无法一时把事隔多年才出书的我认为是有正当的理由,很快地交代明白,因此,我感到十分不安。

其实我一开始写小说,是以玩票性质涉入,可是玩得很入迷。在求学时期功课给当了①。到了社会,特别是结婚移居台北谋生时,有几次为了赶小说丢工作、换工作,使小小三口的家庭陷入困境。有几次因为不能按时付一个月六百元的房租,为了避开二房东,大清早五点就出门在台北市到处乱逛,逛到九点进公司上班。当时常遇到不如意的糟糕事。好在写小说入迷的人,有一种不可救药的幸灾乐祸的态度面对自己,安慰自己说:只要不死,体验很宝贵。我是在这种不是很顺利的日子里,在自己身上认识了那鼎鼎有名的阿Q;至于认识鲁迅先生的阿Q,则是以后很以后的事了。在我写所谓的乡土小说的那个年代,从经济效益的观点看的话,

---

① 当了:闽南方言,荒废的意思。

写小说和生活绝对是矛盾。可是说也奇怪，那时代的小说，被视为创作也好，成为完整的作品审读也罢，小说好像具有什么不能言状的魔力，吸引写小说的人，读小说的人，很多都为之神魂颠倒。以我来讲，我的作品在同仁杂志《文学季刊》发表是没稿费的。这不但不能怪，我还和当时的同仁一样，永远怀着一份很深的感情感激《文学季刊》。当时《文学季刊》的主编尉天骢教授，不知怎么鼓动他那三寸不烂的舌头，去说服他姑妈尉素秋教授的，或是尉姑妈认为年轻人办杂志是好事，比去吃喝玩乐好。所以给了一点钱，让我们大家有个青春期的成长园地。从此我们志同道合的朋友：陈映真、王祯和、七等生、施叔青、刘大任等，还有指导我们的何欣、姚一苇先生，经常不具形式相聚一起，分析大家的作品，鼓励大家。我真不敢想象，如果没有《文学季刊》那些前辈和朋友，黄春明现在在做什么？以我的想象，我一定变成一个令我自己看不起的人吧。在那穷苦的日子写稿，收到读者鼓励的信，和在报章杂志上时常读到对我作品的评价时，是我最愉快的事。它们常常像及时雨，每当我被生活逼得喘不过气，怪起小说来的时候，文评和读者的信就出现。就这样我和小说一直保持着藕断丝连的关系到今天。

最近又开始写起小说了。那动力当然是来自不少读者的鼓励，还有十多年来，又积累了未曾有过的台湾经验，附带地跟自己的未来打算也有关系，应该说是一种个人的生涯规划。年轻时没听过这个名词，获得这个知识时，生涯已经过了大半。对剩下来的时间，可谓老年规划吧。眼看目前台湾社会、家庭结构的改变，三代同堂的家庭不复存在了。再也不敢寄望子女赡养我们的晚年。这并不是对自己子女的孝道有疑问，因为凡是结构性的问题，不是个人所能够改变的。反正写小说是不怕孤独的，除非患了阿尔兹海默病，或者圆珠笔和稿纸都拿不动，那也是时辰已到了。

这次收录在《放生》集子里面的作品，每一篇都是以老年人为主角。老人的问题是目前台湾社会问题里面，最具人文矛盾的问题。今天有多少老年人，分别纷纷被留在渔农村落的乡间，构成偏远地方高龄社区的社会生态。他们纵然子孙繁多而不能相聚一堂，过着孤苦的日子。在富裕的物质社会里，都还曾经有过美好的憧憬，但他们万万没想到，结果只是让他们空欢喜一场。过去，再怎么穷困的日子，他们都尽了养育子女，安养高堂的责任。哪知道轮到他们登上高堂的地位时，子女还有孙子都不在身旁。醒着的时候，不是看电视，就是到庙里闲聊。问他们现在做什么事？他们会无奈地笑着说：

"呷饱闲闲，来庙里讲古下棋，等死。"[2]

能这样调侃自己的还算好，有的死了多天，尸体发臭才被发觉。也有些特例，死后被家狗吃了。老年人不幸的遭遇，每天都可以从电视新闻和报纸上看到。看了这些消息，不由得让我想起二十世纪七十年代的一部日本电影《楢山节考》。它的内容是描写一个穷困的山村，为了他们族群的延续生存，把上了年纪只能吃不能生产的老人，送上楢山任他们自生自灭。久而久之，这也成了当地小山村的风俗习惯。看看我们目前的台湾社会，我们在经济上创造了奇迹，而这一代的老年人，却遇到了前所未有的处境，在乡下忧忧闷闷，默默地迎送每天的落日。这和《楢山节考》里面的老人有何不同？所不同的是，前者把老人送上楢山，后者是把老人

---

[2] 饱闲闲：闽南方言，指很饱的样子。整句话的意思是说吃饱饭了没事做，就到庙里，跟其他老人讲早前的故事，或是下下棋，打发老年时光，如同在等待死亡的日子。

留在乡下。但是本质上,前者所付出的代价是为了族群的生存。我们后者所付出的代价,竟然是为了追求物质的丰收。一个逼不得已,一个在所不惜。想一想,在某方面来看,台湾有今天的成就,绝对和这些老年人年轻时所流的血汗,打下坚硬的基础有关。今天我们的社会不懂得谢恩,还"劈柴连柴砧也劈"。过去人际关系的生活教育里面,把恩看得和山一样重大,所以说恩重如山。从小就用故事教育小孩,说有老人在雪地里救了动物,后来动物还回来报恩。诸如此类的故事,各地方都有各种不同的版本,意思是暗示小孩,连动物都懂得报恩,何况是人。所有美好的结果,都有前因,所以要把因放在心上。"恩"字就这样成代表人际关系美好的符号了。

大概我也开始老了,为了目前在台湾社会里面的老人抱屈,还振振有词地八股一番。其实到了我老的时候,同样遭遇到我父执辈这一代老人的命运时,我认为我活该。因为前一代的牺牲,政府、社会理该记取教训,及时要有有关老人的政策和福利的设立。至于接下来的老人如我,也得为自己做心理上的准备,还要做好自己晚年的生涯规划。

小说在文学里面也是多元的文类，它可以放在艺术的范畴里面去欣赏，放在社会里面去看时代，放在文化里面去看人的价值，它可以放在等等等里面，或者统统涵盖。《放生》这本集子，它多少也糅杂了多元性的东西在里面。可是，我想清楚地表示，我要为这一代被留在乡间的老年人做见证。虽然他们没有一个是丰乳肥臀，我找了一部分老人，替他们拍了这一本写真集。想一想，那样的身材，那样的姿态，是可悲？或是可笑？个中滋味在各自心头。谢谢读者多年的鼓励，《放生》就作为我们多年不见的见面礼吧。

一九九九年九月九日　芝山岩

目 录

现此时先生　　001
瞎子阿木　　019
打苍蝇　　041
放　生　　063
九根手指头的故事　　125
死去活来　　131
银须上的春天　　141
呷鬼的来了　　155
最后一只凤鸟　　185
售票口　　237
附　录　　263

现此时先生

他们的旧报纸的来源,
不是从山下杂货铺子包东西
回来的,
就是上城的人,
顺便到车站捡回来的。

蚊仔坑的三山国王庙并不大，更谈不上堂皇，倒是和小山村相配。庙早已经破旧了，这也跟留在村子里的旧农舍、老猫老狗和老年人，都显得很相配。整个村子，一年到头都笼罩在惨淡而和谐的空气中，始终不失那一份悠然自得的神情。

三山国王庙算是小山村的文化中心。溽暑的夏天，就在庙庭的榕荫下，酷寒的冬天，就在庙内的厢房，没有一天，小孩子们不来这里蚕食未来的时光，一口一口地溅出欢笑和哭声。老人家来得更勤，没有一天，不聚集在这里反刍昔日的辛酸，慢慢地细嚼出几分熬过来的骄傲和叹息。

上庙来的小石阶，和午后三点左右的秋阳从背后打过来的角度，正好把冒出石阶的一头银发，化成一道闪光，射向聚集在一块的老人堆里。

"现此时来了。"

面向石阶的老人，抬起头淡淡地说。

其他人转头的、回头的，都往石阶那一边望一望，又淡淡地恢复他们的原状。占了现此时的位置的人，稍移动一下身子，板凳上就多空出一个座位来。

"中午多贪了一杯就睡过头了。"现此时一边说一边用手里拿着的报纸，挥拂一下板凳。

"福气啊，能睡。像我，每天晚上躺下去，两蕊目睭①像门环金骷骷，到了半暝三更，连蚂蚁放个屁都听见。"

"我还不是一样。怪的是，坐在椅子上并不想睡，不一时久却啄龟②，啄啊啄啊，啄到跌落椅脚……"

"一样一样，不用讲，都老了！"

"……"

十三个老人，你一句，我一句，有关老化现象的经验，每个人都表示颇有同感。

"好！有没有人带报纸？"现此时把摊在腿上的旧报纸，用双手向外侧轻轻抹平。

"到外头多少带一点回来。这一份是金毛的孙子给

---

① 两蕊目睭：闽南方言，指两只眼睛。
② 啄龟：闽南方言，比喻打瞌睡时，头一直往下掉，如同小鸡在啄乌龟。

我的那一批，这是最后的一张了。"

省内有几家发行上百万份的报纸，却不曾派报到这个小山村，好在这些老年人不爱计较惯了，报纸的日期算不了什么。他们的旧报纸的来源，不是从山下杂货铺子包东西回来的，就是上城的人，顺便到车站捡回来的。

多少年来，三山国王庙的老人，除了和其他乡下的老人一样，大家喜欢聚在一起，古今中外，天南地北地闲聊之外，他们多了别地方少有的日课节目，那就是现此时念报纸给大家听。实际上并没有人要求他，强迫他，也没有人利诱他叫他这么做。只是在他中年患了严重的气喘性心脏病，有了充分的休息时间后，为了排遣无聊，念念报纸给当时父执辈的老年人听。哪知道，这么一念，一直念到今天，自己也有七十五六岁了，还念给村子里仅有的这些老友听，只是人数大不如前了。经过这么长久的时间，久而久之，就变得念的人不念给人家听也不舒服，听的人不听人家念也不对劲的这种内部浓厚、外表平淡的关系了。就因为如此，现此时这个名字也扎扎实实地活在小山村这个社会了，至于他的本名已不重要，也没有人会有兴趣，恐怕知道的人不多，也不会有人想知道。因为现此时的由来，与他头一次念报纸给人家听的那一天就开始取代了他的本名。

当时，虽然他在台湾日据时期的小学当过小使，是村子里唯一认识一些字的人，但是开始时为了要缓和心里的紧张，以"现此时"当着念报纸的开场，接着以后，几乎没有一次是例外的，第一句就是"现此时啊"，没有讲"现此时"就没办法接下去念，甚至于每一小则，每一段落的开头，也是"现此时啊"地才能接。并且在念报的过程中，把普通话的文字译成闽南话，是一件不是很容易的事，常常会卡在脑子里，但是他嘴巴却不想停，所以在脑子里还没把话翻过来或是找出出路之前，嘴巴就不停地说着"现此时——现此时——现此时啊……"，像是唱片跳针，一直要等到把话翻出来。有时字看不清楚，或是遇到不懂的字，也一样会发生跳针的现象。可见现此时取代了他的本名，这完全是同样是名字，在同一个人的身上，所表现的生命力的不同，而见存亡。

"现此时，棉被松的儿子邀福州仔的儿子斩鸡头发誓，现在怎么样了？"

"你们又没有新的报纸给我，我怎么会知道。"现此时把才戴上去的老花眼镜摘下来望着大家说。

"后来听说斩了,在城隍庙斩了。"

"又没怎么样。选举过了那么久了……"

"说真的,什么誓都可以发,鸡头可不能乱斩啊!"年纪最大的阿草,生怕土龙忽视斩鸡头的严重性,他强调着说,"我就看过。我那时还小,下庄有个媳妇想毒死婆婆,证据被捉到了,还是死不肯认。婆婆当天跪地头发打散,烧香责告天地邀媳妇斩鸡头。媳妇硬到底,鸡头落地,第二天就死了。尸体的两只眼珠子不见了,是被鸡啄的,脸上和全身的伤痕,全是鸡爪抓的,更奇怪的是,眼窝和爪痕,才隔天就长满了尸蛆蠕动。"

虽然天上还可以见到太阳,在旧庙和浓浓的榕荫的包围之下,适时吹来的阵风,一时带着一股阴气掠过,有几个关节有毛病的,却同时觉得一阵酸麻。屏息间,金毛啜嚅一下问:

"阿草,鸡头斩掉以后,鸡拿到哪里去了?"

"爱人骂……"

大家的哄笑声,大嗓子坤山回金毛的下半句话,就没人听清楚。榕荫外的太阳的辐射,又开始温暖老人,他们的身体，他们的舌头又化软，话也滑溜。

"不过现在斩鸡头确实不应验了。所以那些候选人，才敢动不动邀人斩鸡。要是我，我也敢！"

"你们知道为什么现此时斩鸡头不应验吗？"现此时把报纸卷成筒状，拿在手里当指挥棒似的问。

"你知道？"

现此时定着詹阿发看："你想考我？我现此时当假的！"他心里有一股禁不住的喜悦；昨晚苦苦想了一个晚上，发现了为什么现在斩鸡头不应验的道理，方才一路往庙里的路上，就急着想逮住机会发表。现在机会来了。"以我思想起来，现此时斩鸡头无应效的原因，就是斩来斩去，怎么斩，斩的统统都是美国生蛋鸡、饲料鸡。现此时你们谁敢斩土鸡看看，"他想一口气说完，但气喘中气显然不足，剩下的一句也得停下来喘几口气，才慢慢地，"现、现，现此时，那、那就有戏看了。"他用右手用力地压着左胸，里头心脏不怎寻常的撞动，叫他提醒自己，不能过分激动。

"嗯，有点道理。"

"那，那……"

金毛憋不住心里的话，才开口，坐在旁边的坤山岔开他的话。

"你又要问那些鸡是不是？"

"是啊——！那……"

金毛的话又引来大家的大笑给冲了。老人家笑得有的流泪，有的忙着举手拂去嘴角淌不住的口水。

唯一没笑的是金毛。他觉得十分冤枉，问问鸡哪里去，为什么有这么好笑？他绝对没有想吃鸡肉的意思。只是一直想不通，那些人斩鸡头之后，把斩完了的鸡拿到哪里去了。因为说到斩鸡，他可以想象到鸡被按在地上，但是一斩了之后，鸡哪里去了？谁拿去？吃了？丢了？丢到哪里？这一连串的疑问，一开始就叫过去穷怕了的他，执拗在那里转不过来。

"金毛我问你，现此时你是多久没吃过鸡肉？我现此时真正把'鸡'放在你的面前，看你还行吗？"现此时把后头的"鸡"字，用普通话说。

这一伙老友，在短短几分钟之内大笑三次，笑得有点累，心里却觉得很有收获似的愉快。

"金毛，你做个好心，让现此时讲完再问好吗？"

本来金毛只懊恼无语，经阿发这么一叮咛，一股冤气又升到喉头，他才开口，声音还没发，阿发抢先开口了。

"挡！挡！挡下！"他看金毛嘴合拢了，就对现此时说："现此时轮到你。"

"现此时啊！刚才说到哪里了？"

"斩美国生蛋鸡……"

"对！现此时你们想想看，鸡头一被斩断，鸡鬼一下子就闯入枉死城告状，地藏王听不懂'阿啄仔美国鸡'在说什么，地藏王问美国鸡，美国鸡也听不懂，当然就得不到地藏王的讨命符。所以斩美国鸡仔无应效。这是一说。"他眼望着金毛，怕他又开口引爆出大家的笑声，而打断了他的演说。他大声而急着说："我还有一说，现此时美国鸡仔都是生蛋的白鸡，斩鸡发誓的鸡是要公的才行啊，公鸡变鬼，讨起命来才凶恶，现此时母鸡？"

对于这个论点，现此时看到大多数的人都露出怀疑的眼神时，他重新大声一点地说：

"报纸说的，报纸……"

当他又觉得心跳跟跄时，自然地就把右手放在左胸上用点力。

从他长久念报纸给老人家听的经验，只要说是报纸说的，他们就无条件地相信，所以他也常常把自己的看法，夹报纸说的权威来建立他的地位。这一点，最明显的地方是，他爱发表意见，爱批评，感觉上他是最讲道理。争论间，也最爱提醒别人要讲道理。

"话要说得有道理。现此时我再举一个例子。我家文龙的老大，他要转大人③，我媳妇用公鸡炖九层塔，结果吃了两只公鸡，一根毛都没长出来。后来才发现，吃饲料的公鸡没作用，就改炖土鸡的公鸡。呵！现此时才吃完一只，声音马上裂叉，变成小大人。现此时啊，这不是很好的证明，斩鸡头不斩土鸡仔怎么会应验？"

现此时从他的生活经验，和他认识的知识、民俗信仰，用常识上的逻辑把它组织起来，再加上出自他常说报纸说的口，说出来之后，不管是什么，在三山国王庙的圈子里的人听来，确实有个道理的模样。

"嘿！这么说来，斩鸡头发誓还是会应验。"

"最好还是不要试。"

旁人这样的话，无非都是在服应现此时的话。这种气氛对现此时而言，是很舒服的一种满足。金毛趁大家

---

③ 转大人：闽南方言，从小孩转变成大人的意思，喻指孩子到了变声年龄。

不备,把忍了几次的话,说了出来。

"真的没人知道?"他的意思还是离不开斩过的鸡,拿到哪里去。

这下连现此时也笑了,因为他要讲的话讲完了。

"这个金毛也真是的!现此时看谁知道那没头鸡拿到哪里去的,快告诉他。不然,我看他现此时心也不会甘愿。"

金毛并没领会到话中有话,他反而觉得现此时终于替他说出他的心声了:

"对对对,就是这么意思嘛!"

金毛的那种舒畅的样子,好像一直憋得快闪出来的一泡尿,终于找到地方放出来了。

金毛的紧张一解除,大伙似乎显得更融洽。这时候现此时的个性,很自然地有个欲望,他要拿起报纸来念,而成为大家的中心。他把刚才卷成筒形的报纸重新摊开抹平,然后戴起圆镜片的老花眼镜,干咳了几声:

"现此时啊!"发现还有人没注意,他又咳了一下,"现此时啊,"看到大家都听他之后,他低下头念起来了,"现此时,福谷村黄姓村民,就是说福谷村那个所在,有一个姓黄的人,其所饲养的母牛,日昨生下一头状似小象的小牛。知道吗？唷！现此时，这位姓黄的人，他所饲的牛母，昨天生一只牛崽子，不像牛，像一只小象。大家不要说话，下面还有。现此时小牛经过饲主小心照料，可惜隔日即告死亡……"

这一则原来只占边角补白的小消息，引起这些老人家莫大的兴趣。

"福谷村？"

"福谷村不就是我们蚊仔坑吗？"

"对啊！蚊仔坑就是福谷村嘛！"

"还会有别地方也叫福谷村不成？"

"是！是我们这里没错。现此时我差点就忘了，刚才明明大家都没注意到。"

他们做梦也没想到，这么偏僻的地方也会上报。这对他们来说，是小消息，大事件哩。他们受宠若惊地叫，他们难以置信。

"蚊仔坑？"最年长的阿草说，"蚊仔坑？别的地方我不知道，要是蚊仔坑，不要说我，我们这里面有谁不知道。那是什么时候的新闻？"

现此时也愣了，如果说是福谷村的事，他跟大家一样十分清楚的啊。印象中绝没有这样的事情发生过，

但是他一向代表报纸说惯了,他也对自己的认识有点怀疑。他看报纸的日期说:

"十月二十一日。"

"今天是几号了?"

没有人一下子能说出几号来。

"今天农历是初三,那么,那么?……"

"好像是不久的事,双十节才过了不久嘛。"

"管他多久,管他今天是几号。"坤山说,"我一步都没离开过蚊仔坑,假如蚊仔坑有这样的事,我不可能不知道。再说,其他人也不知道。这不就奇怪吗?"

现此时望到哪里,哪里就有一双疑惑的眼睛望着他。

"慢着,蚊仔坑最大姓的是庙口姓詹仔底,再来就是埤仔口姓张的,苦楝脚的姓林仔。剩下来坑顶的住家,没有一户是姓黄的。"阿草瞪着现此时看,"母牛,谁不知道全村子只剩下三头母牛,两头在我们姓詹仔底,还有一头是在坑顶。还有哪里有母牛的?"

现此时也知道,但是大家带着怀疑的眼神逼视他时,本想跳出来表示同样的怀疑的他,却又退回报纸的一边拿不定主张。自从他二三十年来念报纸给人家听,只有增加他在这小山村的社会地位和声望,向来就没碰过这么尴尬的情形,另方面他错估了大家的反应,以为大家已站在对决的一方,而使他紧张了起来,心跳也加速,呼吸间的不顺畅,隐约令他意识到气喘要发作。他的右手更用力地抓着左胸的衣服。

"骗疯子!蚊仔坑的母牛生小象?"金毛的话像迸出来。这一次大家没笑了,认为金毛的话,就是他们的话。

现此时看是金毛,觉得不该让像金毛这种没什么知识的人喊喝他。所以他用力地弹一下报纸,大声叫嚷着说:

"报纸说的啦!你们不信?!"

不知道是现此时的声音大,或是重新意识到是"报纸说"的,大家原来采取攻势的怀疑态度,一下子又畏缩到无声无息的疑惑的神情。

片刻的静止间,只有那一张被弹裂的报纸,有一半随着现此时垂下来的左手,垂到地上随风翻了一下。

在场的人都注意到现此时的气喘有点发作了。有关这一则小消息的争论,大家本来就想如此收场作罢。但是,现此时有所坚持。

"列位，现此时啊，趁太阳还没下山，我们一起到坑顶去看看，到底母牛生了小象没有？"

大家并没表示什么。

"现此时啊，居然报纸这么说，我们就上去看看嘛。"现此时看着大家，露出疲惫的笑容，"报纸说的嘛！"

太阳将要从坑顶的那一边往下坠，由现此时带队的老年人，从这一边沿着相思林的小径往坑顶爬。

太阳越坠越大，老年人已散落不成群。

太阳越低越红，现此时落在最后头，抱着一棵相思树喘息。金毛停下来关心地俯视他，想说什么，却说不出话来。现此时的身体抽了一下，金毛焦急地跑近他的同时，他松抱而慢慢地滑倒在地上。现此时最后一眼的印象，觉得金毛的身影竟是那么的巨大。

大嗓门的坤山最先爬上坑顶。他望一下已失去大部分光芒的落日，回头向下面叫嚷：

"到了——"

下面从不开玩笑的金毛的回音：

"现此时死了——"

一片很清楚的幽静。

"现此时死了——"

原载一九八六年三月四日台湾《联合报·联合副刊》

瞎子阿木

尽管他的眼球翻来翻去地
集中注意力,
但是刚罩上来的幻听,
有如室里兰花的香味:
有意闻之,无味无素,
无意闻问,却香味扑鼻。

没有风,空气冻得令人觉得易碎。

"唷!猴养,这么冷还骑车子上鸭寮啊。"

远处的一声咳嗽,接着传来瞎子阿木的招呼声,带有一点高亢。他除了要让四五十尺外的猴养听见之外,同时,更因为对方是他一大早所遇到的头一个人,自然就感到莫名地愉快起来。他掖起雨伞骨的拐杖,抬起脸庞站在路旁,露出笑容等猴养经过身边。

"你娘的,说你是睛瞑,鬼才相信!"猴养心里有几分不快。他心里想:妈妈的,我都还没有看清楚他,他却先知道我是谁,还知道我骑车子要上鸭寮赌四色牌。猴养心里实在是服了他,但等到车子一骑近,禁不住为一个瞎子的灵精,改口以臭骂替代了赞叹。

瞎子阿木仰着脸望着猴养,随他的移动而移动,笑纳对方的骂话。哪知道,那凝聚注意力支撑开的、又大又突出而翻白黏湿的双眼,移转到某一个角度,映着微弱的天光的模样,竟叫彼此熟得不能再熟的猴养,不意地给吓了一跳。这也是猴养不愉快得想再骂他一句的原因。

然而,对于猴养之所以如此冒失,他似乎都可以谅解。他把对方的骂话翻过来,取了人家藏在心底里对他原有的赞美。所以瞎子阿木笑了。他站在原来的地方,虽然无法目送,但望着猴养的背影的方向,一点也不偏差。他一直等到猴养的车子滑下坡之后,才放下拐杖轻轻地点着路面,向庄尾走去。

才走到刚才猴养咳嗽的地方,另一部脚踏车,向他这一边骑过来了。他停下来注意动静。迎面来的车子,骑得很急而吃力,车上的人并没赶上自己的喘气声。瞎子阿木听来者的几口喘气声和车链的滑齿声,马上又由心底里笑起来了。

"清池仔,猴养才下坡……"

话没完就被斩了。

"谁找猴养?我要去找秀英啦!怎样?"清池很不高兴地说。因为去鸭寮赌博的事,总是不希望别人知道的吧。

这一次,阿木不但笑不出来,连刚刚拥有过的愉快,一丝都不见了。他准确地面向着清池的背后,整个人都呆掉了。

一阵晕眩，心底里浮现急切呼唤秀英的声音。

"你们这些有眼睛的人都没见到我家的秀英？"阿木最后抑制塞喉，一个字一个字地吐出来问村长。

"木仔伯，我已经叫人去打听了……"

"那么久了，还打听？"

"秀英又不是小孩，怎么会丢？"村长的话，是话中有话的。

瞎子阿木朝着电灯翻了翻那一双又大又突出的白眼，翻来翻去还是白眼睛。事情虽然已经有一个多礼拜了，想起来，里面的泪水还是那么有力地把白眼球推了几下，接着一骨碌就滑到嘴角。

旁边的人都没说话。村长拿出香烟碰瞎子阿木的手，他把香烟接过去。村子里的人都知道阿木是不让人点烟的——早前被人恶作剧，用爆竹吓了他之后，一直就坚持自己来。他掏出火柴，用拇指和食指拿着火柴棒划火。火着了，他伸出同一只手的中指，去探火焰的位置，然后才把拿在左手的烟凑到嘴唇，同时把火移近。那根探火的中指，指头端的内侧，早就烧焦成一个茧，村子里好奇的小孩，时常拿它把玩。

阿木深深地吸了一口烟,长长地吐出一团烟雾。他说:

"要是丢掉了也是命,死掉了也是命,不过、不过……"

只是他对现实的答案,感到心有不甘。不过事到如今,他不能不承认现实,另方面还想骗骗自己,以为同样的问题问多了,可能会出现另一种让心里好过一点的答案。他换一种口吻,给在场的人一种提示,希望事情由别人再来告诉他,或是听到有旁人替他责备测量队。

"测量队的人统统走了?"

"上礼拜都走了。"村长看看旁边的人说。

"事情就是那么凑巧,那么奇怪!他们走了,我的乖女儿也丢了。"

"睛瞑木仔,不是我爱讲你。"村长的老爸爸插嘴说,"我没长你岁,也大你辈,所以我才敢讲你。我们庄子里哪里还可以找到像秀英这么认份的查某团仔[①]?是你不知命好。有什么天大地大的事,那几个晚上晚回来,你就用拐杖头把她打成那个样子。你是不是忘了

---

① 查某团仔:闽南方言,小女孩的称呼。

秀英几岁了？你不知道，我告诉你好了。三十多了。早就该让她嫁，不然就给她招个女婿。你曾替她打算过吗？"

"阿爸，好了，不要说了。"村长说。

"对，对，再讲，荣坤兄，你再讲。"阿木反而没有先前的激动，他极力地恳求着说："村长，你们碰到秀英尽管告诉她，说我希望她回来，我让她打回去。真的，我是说真的。我这话是对大家说的，我，我要让她好好打回去。只要她能回来……"

瞎子阿木仍然面对下坡路的方向，站在那里发呆。

"睛瞑木仔，这么冷你一个人站在这里？"

这一次祥雷伯牵牛去到他身边，他都没察觉到。祥雷伯叫他，他才惊慌地回答：

"啊！是啊。你这么早。"

"这么冷，快回去穿一件冬天的外衣吧。"祥雷看阿木外面只罩一件破旧的军便服，所以才特别强调"冬天的外衣"。

"是啊是啊。"一想到冬天的衣服，就好像人家又提到秀英一样，心又酸起来。要是秀英在的话，这哪里是问题。只是今年夏天，房子烧光，东西也都没了。秀英先发落人把房子搭起来,其他东西慢慢补充,生活上也已经感到没什么不便。哪知道,冬天才到,秀英就跟人跑了。那几天她还说要带他到城里买几件衣服呢。

由别人说冷,同时再想到秀英,这时才感到一股冷劲,从背脊散开。他抖一抖颤,想着自己到底穿了几件。"一件背心,两张报纸②,两件圆领汗衫,一件衬衫,一件军便服,哇!七层。不,又不是穿寿衣,七层怎么可以。报纸算一层,总共六层才对。"他突然又轻松起来。回头仔细一听,牛的呼气声还在不远的地方。他又高亢地叫起来:

"雷公——夏天的衣服多穿几件不就是冬天的衣服了。对不对?"停了一下,又喊道,"雷公——"

祥雷没有回答。瞎子阿木自个儿觉得雷公笑了。

瞎子阿木像发现了什么道理,心里好不快乐,探路的拐杖,在路面有轻有重地点打出一连串轻松的节奏。

当他来到庄尾,太阳还没露脸,庄稼人都起来了。瞎子阿木沿途都有人跟他打招呼,他也忙着回人家的话;年纪稍大,或是跟他同辈上下的人,他毫不犹豫地

---

② 报纸:闽南方言,对薄得如同报纸的衣服的戏称。

即可直呼对方的名字，年轻的因为不是顶庄的人，就比较困难。

"瞎瞑木仔，你好早啊！"

"是啊，你今天出什么菜？"阿木问。

"葱和蒜。要不要带一把回去？"

"谢谢，我还不回去。怎么样，价钱好吗？"

"败价啊！"进财拖着车，一边说一边上坡，"要菜到家里自己拿吧。"

"有没有人帮你推？"阿木站在路旁说。

"有啊。"进财低头拉车说，"今天礼拜天，有两个小孙子帮忙。"

进财的菜车已在后头了。阿木还觉得话没说完。

"你的孙子这么乖啊！"

两个在后头推车的小学生，互相看了看，愉快地笑了笑，然后比刚才更用力地把爷爷的菜车推上坡。

前面又来了人，阿木想起步又停下来。

"木仔伯，去哪里？"辉雄骑着脚踏车，前后装载萝卜冲上坡来。

"是啊，进财的两个孙子那么乖，还会替他阿公推车。"停顿了一下，转个口气，"唷！这一段上坡路陡得很。你，你是？"

"哎！"向阿木打招呼的青年，远远地冲上来，到阿木不远的地方失去冲力时，他赶紧跳下车，把即将倾倒的车子抓稳了之后说，"得根是我阿公，我是他的屘仔孙③辉雄。"

"呵，得根命好啊！屘仔孙有这么大了。"

"我阿公闲着在家，有空找他坐坐。"

"会的会的。"阿木说，"你载什么东西，好像很重。要不要我来帮你推？"

"不用不用。"辉雄有点受不起而紧张，一边用力推车子一边说，"我要走了。这么早又这么冷，你应该多睡一点啊。"

瞎子阿木一听到对方提到冷字，心里有一股早了一点的得意生起。他想可以把刚才连雷公也服了他的那一个道理"夏天的衣服多穿几件不就是冬天的衣服"这句话说出来，突然又觉得似乎有点牛唇对不上马嘴。他把话吞回去，而那一份得意也消失了。但是，他又觉得话没完。听到辉雄还在后头上坡，心里更急。经这么一

---

③ 屘仔孙：闽南方言，指的是年纪最小的孙子。

急,灵感来了。他回头高亢地叫:

"嗯?"他忘了青年的名字,马上改口,"得根的孙子。冷?出来走动走动总比穿十件衣服好吧!"

作为互相的对答,这句话的时间,隔得连不上。在辉雄听来,好像偶然在路上捡到一句类似格言的话。他想停下来弄个清楚,但载重的车上坡时停不得,他只好继续低着头,把萝卜推上坡了。

整个白石仑的庄头庄尾的人,尽量在瞎子阿木的面前,不提秀英的事。村子里这种不约的义理,在短短的两个多月的时间里,很快地让瞎子阿木开朗了不少。可是,这一天,从刚才清池的忤逆,到现在沿途遇到的人家勤奋的子女,自然地又想起秀英。

"秀英,你很打拼我知道,人家说你很美,这我就不知道了。真的吗?"

"你管人家黑白讲。"

"我想真的吧。不然为什么好多人会这样告诉我?"

秀英没回话。

"我要是能看到你,不知有多好。"

这话讲完没几天,秀英就没回来了。

这次想到秀英，竟没有怨恨，只有深深的惦念。同时，常随秀英一并来到心头的那一股悲伤，淡得几乎不见了。心里才有这一点发现，一下子又为刚刚回辉雄说"冷？出来走动走动总比穿十件衣服好吧"的这一句话兴奋起来。

瞎子阿木一边走，一边牢牢抓住心里的那一份愉快，严苛自责自己无情。不然为什么想到秀英，他已经不会像前些日子那样痛苦？他这么想着。嘴巴也嘀嘀咕咕地念给自己听："我为什么是这款④？秀英才跑了，我还乐。我乐什么呢？"话才说完，心里还是莫名地乐着，脸上也对这一颗悲不起来的心，而无可奈何地笑着。

对黑嘴这一只老狗，瞎子阿木也是它所熟悉的人，平时连陌生人都懒得开口叫几声，一见到阿木踏入九如的晒谷场，没一次不叫。

"黑嘴呀！睛瞑木仔欠你是吗。走开！"

"你不要叫它走开，让它过来吃我的拐杖头看看。"

---

④ 这款：意思是这样的人。

黑嘴听久婆的话，只多叫了一声不像叫的一声，就原地趴在门槛边，一整夜伏在那儿，地面的温暖，又温暖了它的腹部，还有都聚集在那里的虱子。

"我才准备叫阿全给你提去咧。"久婆说，"进来吧，外面那么冷。"

"下次。时候好像不早了。"阿木站在檐外说。

久婆一手提着火笼，一手扶墙，用尖细而开叉的、类似两张金属薄片互相干扰的声音说：

"对，照秀英的八字，寅时比较好。可惜你没找到她的衣服，不过梳子也没关系。等一下回到家，你把水碗留在门外，拿着梳子叫三声'秀英回来'，然后把梳子放到她的床上。三天后就可以拿开。这样知道？"

"这样就好了？"

"就是这样。等一下。"久婆朝屋子里叫，"阿全，你准备好了没有？木仔伯在等你啦。"

"这么早你叫他。我自己拿就行了。"

"他很早就起来看书。没关系，我这个祖母还叫得动他。那水碗没他拿不方便。"

"走！"阿全勤快地跑出来，把地上用塑料带编的菜篮子提起来。那里面放一碗白饭，上面插一仙纸人，还有两碗简单的菜，梳子另放一边。

"你要记得叫她三声啊！"那金属片的声音，从后面赶过他们两人。出了庄尾、上了落车坡，瞎子阿木一下子觉得额头像一扇天窗打开了。他马上直觉到太阳升起。他不慌不忙地停下，把雨伞骨掖在左边的腋下，朝着才离开地面的旭日，双手合十默默挺立片刻。

无意回过头的阿全，看到映着红光的瞎子阿木，那瞬间所感受到的气氛，令他被感动得愣了。要不是等到阿木走到他身边，恐怕还不知道要走。

"木仔伯，"阿全小声地问，"有人拜太阳吗？"

"我不知道。不过我不是拜日头，我是拜光——"他把光字强调了一下，"你知道？我从小就看不见……"本来想说清楚，但一下子又想到别的说，"篮子你提着吗？"

"在这里。"阿全对拜光感到好奇，但是并不是为了怕什么而不敢多问。只是一种莫名而隐约的感动，摆布了他们；尤其是阿全，他默默地浸沐在这样的氛境里。

"阿全。"他直觉到阿全的异样。阿全似乎没听见。

"阿全！"

"木仔伯，我在旁边。"

"我知道你在旁边。我问你，你知道测量的人书要不要念很高？"

"要啊！像这次来我们中埔做土地重划的，有好几个都是大学毕业再去考的。像戴组长他们都是工程师。其他的人……"

瞎子阿木等不及又问：

"你现在几年级？"

"高中三年了。"

"你要不要学测量？"

"我哪有办法，那是工科，分数要四百分以上才会考上。"

"四百分？"阿木根本不知四百分在联考的水平是多高，他听阿全的口气，那好像很困难的一个数字，所以他把说出四百分的声调往上提高是正确的。

瞎子阿木突然对测量队有了好感。随即他马上听到有人问他："你家秀英哪里去了？"

"噢！秀英跟测量队走了。去参加测量队。"他带着喜悦微笑着说。

阿全听到阿木贸然地说出秀英的事，感到十分惊奇。他再注视瞎子阿木。瞎子阿木的两只又大又突出的白眼球，忙着翻来覆去。他想，今天早上所看到的，以后还要告诉班上的女同学。

"木仔伯。我们班上住在街上的同学，说要来看你哪。"阿全兴奋地说。

"看我？"阿木说，"我有什么好看的！"

"他们要来看你点香烟，看你的中指……"

"你还告诉他们什么？"

"有……"

"有没有说找火柴的事？"

"有！"

一对老少突然都笑得很开心。瞎子阿木笑得连眼油也流出来了。

有一天下午，瞎子阿木在村长家大厅的红阁桌放香烛的地方找火柴，摸来摸去，把桌上的一瓶什么打翻了。"这下糟了！"他赶快把小瓶子扶正，手还摸到倒出来的水。他把手拿近鼻子一闻，"哇！香水。这可能是阿琴的。"嘴里一边叫可惜，一边把沾在手上的水往脸上抹，倒在桌上的再用手刮，然后脖子身上都抹。

等他一走出外面，引来大大小小的村人，围着他捧腹大笑。

"有什么好笑的？"阿木向大家说。

"睛瞑木仔，庙里谢平安⑤还没到，你就准备演戏？"清田带头暗示着说。

"清田！你那么多嘴干什么！"

爱看热闹的人，不希望阿木马上知道。但是阿木脑筋一转："演戏？"心里暗暗地叫了一声，"啊！花脸？敢是我打翻的是钢笔墨水？对！就是钢笔墨水的味道。"阿木不吭声，干脆就站着让大家乐个痛快。然后理直气壮地说："我不笑你们，你们还笑我。我眼睛又看不见，你们说是墨水，我说是香水啦！怎么样！"

当时他没被人难倒。要不是想象自己的花脸，反而有几分得意，大家笑，他也跟人从容地笑。

"那时你在场？"阿木问阿全。

"没有。这件事已经传好远了。"

"你在同学面前，还给我漏什么气⑥？"阿木笑着问，"有没有说喂猪的事？"

---

⑤ 谢平安：闽南农村乡俗，到庙答谢神明，以祈平安。
⑥ 漏气：闽南方言，指的是出洋相。

"对了，猪呢？"

"卖了，再不卖我会被搞死。"一提到猪，那两头四五十斤的猪坯，令他想起来就没那么好玩了。

秀英突然出走，喂猪的工作也一并落在瞎子阿木的身上。四五十斤重的猪坯灵活得跟狗一样，阿木饲料还没倒进槽里，它们就半站起来半空拦截，每次都把猪菜煮潲水的饲料弄翻得满地。这个经验，叫瞎子阿木每次喂猪时，右手握棍棒，左手提装猪菜的桶子，他一边骂一边挥动棒子赶猪，同时左手倒猪菜。但是这两头猪，兵分两路，一头诱棍棒，一头背地打劫，饲料到头来还是被弄翻满地。这不打紧，猪还把空桶子顶到圈子里的内角，逼得阿木不能不进入圈子里，把桶子找出来。当他爬进猪圈，站在煮烂的猪菜上，两头猪坯乱撞，不一下子就把阿木绊倒了。棍棒一松手，也不知扔到哪里，想站起来，还没站稳滑了一跤，又是四脚朝天和一声惊叫，把猪也吓得乱撞不停。他拿猪简直就没有办法，干脆坐在猪圈里面哭起来：

"秀英，你不回来没关系。我要死的时候，你至少也该在我的身边。秀英，我现在就快要死了。

秀英……"

时值暗分[7],猪圈里面更暗。阿木的哭声惊动邻居。当他们赶来看时,有人惊叫着说:

"糟了!那一头是睛瞑木仔?"

前些天的辛酸,重新复习起来,事情都已经发酵,而散发出醉人香味,看到阿全听得那么快乐地笑个不停,瞎子阿木也快乐起来了。他也跟阿全一样,觉得喂猪的阿木又可怜又可笑。

走到了阿木家的苦楝树旁,阿全有点舍不得马上就走地说:

"木仔伯,我把篮子放在这里,我回去了?"他牵着阿木的左手去碰触菜篮子。

"好好,就放在这里。真乖,真多谢。"

阿全走了,瞎子阿木蹲下来,回忆一下久婆的吩咐,他照着两张薄金属片发出来的声音,把白饭纸人和菜碗放在一边。这时他突然听到:"你家秀英哪里去了?"

---

[7] 暗分:闽南方言,指的刚夜幕降临的时刻。

"阿全，你还没去？"他吓了一跳。

但是，没有人回答。阿全不在，他已开始步下落车坡了。

"阿全！"阿木紧张地又叫了一声。

"……"

瞎子阿木想起来了，刚才上了落车坡，听到有人问起"秀英哪里去了"的声音，并不是阿全问的。他想：难怪我告诉他，说秀英跟测量队去了，去参加测量队时，他却讲到别的地方去。他蹲在那里微抬着头一动也不动，想再听到那个声音。尽管他的眼球翻来翻去地集中注意力，但是刚罩上来的幻听，有如室里兰花的香味：有意闻之，无味无素，无意闻问，却香味扑鼻。

寅时的催促，瞎子阿木不敢再怠慢。他拿起秀英的梳子抱在怀里，口中喃喃地叫着："秀英回来，秀英回来……"

他向来就没用过这么动听的声音叫过女儿，也向来没觉得叫女儿的名字会令他这么疼痛和感动。到了叫第三声，一股倾满了感情将大声呼唤时，另一股敛力锁住喉头，而使瞎子阿木最后叫出"秀英——回——来——"的声音，在寒冷的空气中颤然带着无限的苍劲。

原载一九八六年三月十七日《联合报·联合副刊》

打苍蝇

他发现自己打苍蝇的技术，
神到拍无虚发，
打死的苍蝇只身完好，
可见运作斟酌，
恰到好处。

八月和七月的阳光，并没有什么两样；过了晨间，它一样刺人的皮肤，一样刺人的眼睛。苍蝇和人都躲到同一个影子里。有时，人并不因为卫生的关系打苍蝇，只是无聊罢了。

林旺枞老先生席地坐靠门槛，手执苍蝇拍子，从上午自家房子的影子罩到巷道对面那一边的水沟，就啪嗒啪嗒地拍打，打到影子已经缩到门前的水沟了。由于气温越升越高，苍蝇打不胜打，越打越多，永远都打不完。是很无聊，这样打下去，根本就无济于事。从三月间搬到新房来，一开始打苍蝇不久，他就这样想了。可是，有了这样的想法之后，对打上瘾了的他，却像一根小刺刺到身上的皮肤里面，想拿拿不到，不拿虽不碍事，但碰到了，或是想到就不舒服。过了一阵子，他发现自己打苍蝇的技术，神到拍无虚发，打死的苍蝇只身完好，可见运作斟酌，恰到好处。这么一来，打苍蝇就变成一种乐趣，也变成打发时间找乐趣的一种习惯了。

有人问他为什么要打苍蝇？他先毫不犹豫地说：

"因为苍蝇就在那里嘛！"

然后又毫无把握的：

"好像啃瓜子嘛。只要碟子里还有，不想吃也没办法停止。"

"可打了不少啊！"来邻居家做客的年轻人，看到地上一小堆黑豆豉似的死苍蝇说。

"今天讨海的可好了，鱼很多。"

"为什么？"

"苍蝇多啊！"说着啪嗒一声，拍子落地，翻开来，两只苍蝇死了。这一招显然是卖弄给陌生人看的。他看到年轻人表示欣赏的笑脸，使这一项无法抗拒的习惯，刹那间，又着落到乐趣的层面。

但是，年轻人被叫回去吃午饭的时候，打苍蝇的事又一时令他觉得渐渐无聊起来。

有什么办法？总比无所事事的无聊好过一点。他这样想。他回过头看一看，屋子里一点动静都没有。他明知道，老伴不到一两点是不会起来的。今天凌晨，她回来时大概是三四点都有吧？好像听到哪里的公鸡也叫了。他记不清了。那是因为昨晚喝光一瓶米酒的宿醉，

没完全醒过来。当时只听见阿粉气呼呼地敲打门扇,口里叫骂着说:

"……我知道你是刁故意的啦!你敢不开门,明天你试试看!……"

他觉得像是在做梦。

"……死人枞仔!你是困死了?"阿粉敲门敲得很急,然后自言自语的,"没想到这个人这样夭寿①!"她又叫嚷,"死人枞仔!你是要我活活气死是吗?!……"接着又是一阵打门声。

躺在床上的旺枞,对听在耳朵里面的声音,开始觉得有实感了,也听见邻近警觉起来的狗叫声了。他不安地想起床。但是不知为什么,像被什么压着似的,动弹不得。越不能动弹,心里越急。

"……林旺枞!我到今天才知道,你是这么歹心乌毒毒!……"阿粉喊了。

旺枞急得汗都冒出来了:让阿粉在外面急成这个样子也不对,吵了邻居更不该,天亮了还要跟人见面哪。他想一时爬不起来,也该先用声音应她几句啊。嘴是张

---

① 夭寿:闽南方言,表示不安好心。

开了,却叫不出声音来。他又退回去想。

他想他是在做梦。

阿粉的叫骂和捶门声不断。

不过,他同时怀疑,一个人在做梦的时候,会想到自己是在做梦?他试着爬起来,他试着大声应话。他爬不起来,仍然叫不出声音来。他想,他还是在做梦。

"……说到你这款人!你早死早好!你现在就死!我马上超生!……"诅咒声尖到最尖了。

旺枞每一个字都听得清清楚楚。他又不敢相信是在做梦了。他想,会有这样奇怪的梦?竟然有这么叫人清醒的噩梦?经这么一想,他急着要把自己弄醒,不然自然会窒息掉。他的意志要使身体挣扎,要使嘴巴挣扎,心本身也在挣扎,整个人就这样躺在昏暗的卧室里慌张起来。

突然间安静下来了。

有那么一阵子的时间。

听到这般安静,并没叫旺枞放心下来,相反地把精神绷得更紧。他仔细注意听也听不到阿粉的声音时,奇怪的是,刚才一直压着他不能动弹的压力消失了。他一骨碌地坐了起来,摸摸身边,是空的。他又糊涂了。头虽然清醒一点，还是感到很重。他坐着发愣，汗湿的额头，冷缩了一下就传遍了全身。

"娘的！有这么恶的噩梦？"

话才在心里这么嘀咕，突然间，在外头的阿粉，像想到什么，伤心地哭叫起来了。

"阿枞啊——阿枞啊——你不能死，阿枞——你要是死了，我也要跟你死——阿，阿枞——……"她把脸转向邻居的哭声叫，"阿勇——土杀——……你们哪一个好心的，快来帮我把门打开——我家的阿枞死了——……"

邻近的狗叫得比先前更厉害。

这时旺枞更相信自己是被噩梦缠住了。他很清楚地梦见自己，慌里慌张跳下床，光着脚半跑下楼梯，一边跑还一边叫："粉仔的，粉仔的，我没死啦，我没死啦……"

当他把门一打开，不但看到泪流满面的阿粉，后头还站着五六个穿睡衣的邻居。

极度焦灼和伤心的阿粉，见了旺枞来开门，心一安，马上改口破口大骂：

"你不是死了！怎么还不死?!留下来气死我！"随

手一个巴掌飞过去。

还有几分醉意的旺枞,是梦,是事实,只在一念之间。接了一个巴掌之后,变化一念间的游戏才结束。

"疯了!"他不希望在别人面前,连一句反击的话也没有。

"疯了?"阿粉马上响应。

看了这样的场面,邻居们的紧张全消了。大家觉得好笑都来不及,轮不到讲什么话。年纪较大的邻居,十分清楚这种斗嘴,本来就是和好的前奏。

"谁叫你爱赌博!"老先生原来的一片歉意,换来咒骂,令他有点恼羞地叫起来。

"我,我不赌博,你叫我做什么好?你讲!做什么好?"阿粉这时说话稍显支吾,多少绽露内心感到理亏。

"我……"

阿粉不让旺枞说话。她抢着说:

"你你你!你还不是一样,从搬到这里来,白天打苍蝇,晚上就是喝酒,你还能做什么?"

"那,那你叫我做什么好?"本来大可理直气壮一番,没想到话怎么转到一个暗阱,竟然阿粉反过来兴师问罪，叫自己觉得理亏了。

这一对相依为命的老夫妻，面对面时，谁都不愿把互相关心的真情坦然地表达出来。有时因为一些鸡毛蒜皮，常脱口说出与心里相反的话语逗斗对方。适才阿粉之所以禁不住挥掌过去，主要的是她为旺枞那么伤心的情形，竟全被旺枞听见而羞怒了的。这样的事件，放在他们俩老的生活方式里，旺枞老先生完全可以沟通和接受。

老伴居然还在睡，只好继续打苍蝇。反正五个月前，从内埤仔搬出来，离开农地和农事之后，闲得对三餐就没什么食欲了。另一方面，酒力虽然大不如前，喝老米酒的酒脾倒是大开。要不是前些日子，醉得跌破了头住院，阿粉要数说他的把柄，也就不会那么多，那么唠叨。一只苍蝇才着地，拍子紧接着落下来。苍蝇死了。死得连苍蝇自己都不知道。因为时间极短，事情发生得极快，死得像遇到偶发的空难，没对象可怨。这样的功夫，是老先生打啊打啊，一直打到上个月才修炼出来的新招。不过，倒不是最近的苍蝇都是使出新招收拾的。那是要看情形，看他精神状态好的时候，还要看苍蝇是在眼前盘旋着地，视线能盯牢才可以。所以这样的情形不多。如果老先生想使一使新招时,他会把停在地上的苍蝇赶开之后,从头伺机。因为苍蝇有个老毛病:每当被人赶开之后,还是要飞回来停在原地,这不打紧,它会朝向你搔搔头弄弄翅膀,尤其让受到骚扰的人,觉得简直就是在示威挑衅。面对林旺枞老先生的新招,这就是苍蝇的致命伤。为了想再度使出新招的兴致,只注意着即将飞临跟前的苍蝇,而忘了埋怨阿粉没能起来做中饭。

但是几分打苍蝇的兴致,总比不上现实叮住人那么牢固。月初都过了,每一阵类似邮差的机车声掠过巷口时,都会叫旺枞紧张一下,尤其是近午时分,邮差就巡回到这里。今天的这一回,还没见着邮差。他话是不敢说不指望,心里却那么想。从三月间大儿子跪地求他,把地契和房契过名给他处理台北的债务时,他只想不让儿子去坐牢,至于林炳炎说到应急之后的转机,他一句话也不懂。但是约好每个月的月初,用报值挂号寄六千块钱回来,做俩老的生活费的事,常有拖延。要不是三个女儿,这个一千那个两千地接济,生活早就发生问题。旺枞埋怨着说:"七十多了。除了客兄公②没当,阿公、伯公、叔公、舅公、文公、同年公、亲同公,还有,还有你说还有什么公我没当?就凭这些公和朋友弟兄的交陪应对,你说一个月要应付多少生子、入厝、当兵、结婚、住院、丧事?……"

这一段话,像是一张稿子背起来的,没有一个人听旺枞有节有韵叮叮当当地叙说起来,不觉得既好玩又有点替他不平。但是当人家为他对林炳炎有所指责时,他又百般地护呵儿子。

又一阵类似邮差的机车声,从巷口掠过。他又失望地收回视线,刚想打的那一只苍蝇不见了。如果他对邮差不抱指望,机车声对打苍蝇而言就是骚扰。反过来对邮差抱着很大的指望时,苍蝇的动静就骚扰了听机车声。今天,尤其到了中午这个时候,他是没什么心打苍蝇。他把耳风放得远远的,只要远处有机车声,他就望着巷口看。

都新历八月六日了。旺枞心里急着的是,后天就是农历七月初一开鬼门。要拜啊!接着初三又是轮到村

---

② 客兄公:闽南方言,特指已婚女性的情夫。

子里祭厉普度,亲戚朋友多多少少总是会来看热闹,到时候不叫人家吃一顿可以吗?心里这么念着,手上的拍子,啪嗒一声,重重地落在跟前的水泥地上。苍蝇是打到了,糊了,塑料铸成的"甲"字形的拍子,有一角弹到路上去了。几只阉鸡猛冲上去抢,有一只啄在嘴上跑了几步,很失望地把塑料片甩掉。旺枞收回拍子抚摸着缺口,怨责自己太用力。这还没完,随即拍子又出击,清脆而有劲地落在才被打糊了的苍蝇身上,把一只飞来吸吮同伴肉汁的,一并打死在一块。他用拍子轻轻地把粘在地面的苍蝇挑动一下,再把它拨到墙边去。死苍蝇任凭蚂蚁分成长长两路,不但搬不完,好像越搬越多。那几只闲荡觅食的大阉鸡眼尖,瞧见那一堆苍蝇,一个箭步想跑过来掠食。老人家扬起拍子吆喝。鸡退了几步,转过头眼睛还是盯住苍蝇不放。他想阿粉不起来做饭,他自己去把一些剩饭剩菜先蒸起来。不甘心走开的阉鸡,停在拍子够不到的地方,劈着头和旺枞对起眼来。

"咦——你蛮。好胆子不要跑!"他一边骂一边想起来。但是坐太久了,除了打苍蝇的手还灵活之外,整根脊椎骨都僵住了。他双手压着弓起来的膝盖,把身子往前倾，同时用力撑了几次，才把身体撑起来。然而非得一手扶着门，一手伸到背后，用握拳的手背捶着腰脊，慢慢地才好像把弯曲的铁筋捶直了。等他完全站挺了起来，他却忘了站起来要做什么。左思右想，看到阉鸡还在不远的前面，总算让他记起一件事似的，跨步向前，把阉鸡赶跑了。听起来有点像邮差的机车声，从远处传来，他兴奋地走向巷口。几只才被赶开的阉鸡，以为老人家还拿它们认真，也向巷口跑在旺枞的前面。

机车声越来越近，逗得老人家都可以听到自己的心跳。他伸手到裤袋里捏着准备领挂号的印章。但是机车声近是近了，到了岔路口，声音远了，好像往三界公庙的方向下去了。插在裤袋里的手，更用力地捏着印章，被印章的边角逆得疼痛。旺枞来到巷口，站在马路中间，往两端望了望，望到有一个骑脚踏车，从三界公庙往这边来了。他还没看清楚对方，溪水仔就先打起招呼：

"旺枞仔伯，吃饱了没？"

"是啊，你去哪里？"

"到乡公所找兽医。不知怎么,家里的猪公③这两天都不吃了。"说着人也到老人家前停下车来。

"不是初三普度要杀的吗?"

"就是说嘛!早不这样,晚不这样,偏偏找这个时候,多叫人焦急!"

"有多重了?"

"六百多斤了,但是这一两天失了不少。"

"天气太热了,跟人一样吃不下。"

"有啊!一只电扇整天吹个不停,一天还给它冲两次凉咧。"

"吃什么?"旺枞忘了自己的急事,一下十分关心溪水仔的猪公起来了。

"饭团,西瓜,这还会比我们人差?"

"猪栏里有没有动到煞。"

"不会的,多久了,一根钉子也不敢钉,不敢拔,还会动什么煞。连戴孝和大肚子的都不会让他们靠近的。"

"有没有拜土地公?"

---

③ 猪公:闽南方言,猪公其实指的是公猪,类似的称谓如猪母、鸡公、鸡母等。

"唗！岂止土地公？三界公都请了。"

"这东西，"旺枞凝神地说，"就是这么怪！"

"要不是今年当炉主，也不会这样叫人着急。"溪水仔推动车子，"好吧，我得赶紧去找兽医了。"

看到溪水仔急急忙忙上路，旺枞自己揶揄着自己说："猪公命真好，比我这个什么公都当了的更像公。"

旺枞才想走回巷子里，刚从路边小铺子走出来的警察叫住了他。

"林先生，林先生。你的老牵手④在家吗？"

"什么事？"

"昨天晚上在李满生家赌博被查到了。今天要罚。她现在在家吗？"

"要罚？"

"对！赌博当然要罚。"

"你说什么？你不叫她赌博，你叫她做什么？"

"不要赌就好了嘛。她在家吗？"

"罚多少？"

---

④ 老牵手：闽南方言，喻指结婚多年又已经老了的妻子。

"六百。"

"六百？以前不是才罚三百五吗？"

"最近涨价了。"

"他们输赢也只不过一两百，你罚她六百？"

"走，我跟你一齐回去。"

林旺枞老先生站在巷口不动。他心里好难过。

"林先生……"

"不知道。"他生气地说，"我们没有钱！"

警察看他生气，就改了口气说：

"林先生爱说笑，你们没有钱怎么会来住湖光别墅这里？这样好了，请林曾粉下午到派出所找我。"

警察走了。他抛下"林先生爱说笑，你们没有钱怎么会来住湖光别墅这里"这一句话，深深地刺痛了旺枞的心。眼前的巷道，左右两排即是湖光别墅。

哼！别庄?!

林旺枞一眼望到无尾巷的巷底，两排感觉上似乎在遥远的地方的建筑物，令他却步。可是下去左手边的第六间，从内埤仔老家移过来的贴壁莲，在墙头上向他招手的就是他的家啊。他沉重地走进巷子，好像明知道整个事情是被作弄，自己还一步一步走进得更深。

为了舒服一点点,他略仰头,把整个湖光别墅收进眼里,以唾弃的口吻:"娘娘的!别庄?!"最近他常常这样一个人自言自语地骂。有时骂完了他才发现,自己做了这样无聊的事。

这地方旺枞熟得不能再熟了,从大埤到内埤仔山区的半路,就是应公仔边的那一块金枣园;内埤仔人出外到城里,都得经过大埤再出去的。自从乡道铺了柏油之后,在一夜之间,上千棵的金枣树不见了。两排隔着六米宽的巷道,面对面三十二户独门独院的二楼平房,就那样突兀地冒出来。谁都知道,那是赶在禁建前,连夜抢盖起来的房子;混凝土里的砂石超出了比例,拆下模板后的水泥面,一眼就令人直觉得到的劣质,连盖房子的工人也说,这种房子送给他都不敢住。老板的想法很简单,他认为大埤和内埤仔的人,不需要这种房子,也买不起。

他是准备卖给城里的人,或是台北人的。所以整个外观的部分,上端的斜檐是橘红色,二楼墙面是米色,一楼是咖啡色,全都用瓷砖把它包起来。每家紧贴巷道的两尺半宽、八尺长、一尺半高的小花圃,两端种了两株五尺高的龙柏、四棵杜鹃。就这样,写着"湖光别墅"的售屋广告板,从九号干道,借沿途右手边的电线杆,一直指引着而挂到里面来。所谓的"湖光"并不完全是噱头——距离工地差不多两公里靠山的地方,确实有一片湖光和乱葬岗的山色。上下三十二建坪⑤,三房一厅,双卫一厨,定价一百一十万的别墅,推出两年了,总共才卖了九户;都是每一户降到五十万左右才脱手的。现在一户只要三十八万现款,叫了半年了,还是没有人再来闻问。除了成交的售价叫老板大感失算,九户住家没有一家是城里的,或是台北人。他们不是大埤的,就是内埤仔人。其实,事情大出所料的岂止是盖房子的老板,林旺枞和林曾粉也万万没料到,会住到别庄的楼仔厝来。

"炳炎真有才情,让你们俩老住别庄享福。"当时听起来,多少还觉得颇有点安慰。

五个月后的今天,想起这样的话,觉得自己未免得意得太早了。路过这里的村人老友,常来看旺枞他们时,多多少少会留一些果菜说:"炳炎常回来看你,你也得叫他来内埤仔看看我们啊!要不然叫他来让我们看

---

⑤ 建坪:台湾地区以坪为房子的计量单位,一坪约为3.3平方米。

看这个内埔仔囝仔啊。有汽车更方便……"想起这些经常会听到的话，真有走投无路的感觉。

阿粉仍然还在睡。本来想大声嚷一嚷的，但话一逼到喉头，心里越害怕阿粉。不知道是从哪一天开始的，不过阿粉变得不怕他是从搬到别庄来以后的事。当年续弦把她娶进来，虽然相差二十岁，不但不差什么，还叫许多村里的男人羡慕。哪知道到了他自己无法挣钱，身体各方面也衰退了的时候，阿粉才五十出头，短短的身体肥壮得很，在巷头说话，巷尾还听得见。那个时常来的鱼贩，最爱赞美阿粉的身材。阿粉心花一开，不顾旺枞在后头，她笑嘻嘻地说："我老是老了，现在我的乳头还是小得像箸头。我也不知道，人家说乳头小的女人，子女会孝顺。"一听到自己的女人，跟别的男人谈自己的乳头时，旺枞只有羞愤得往后溜了。但是，这句话太深刻了。一想起来就怕上加怕，理直气也壮不起来。旺枞把一盘鱼放在电饭锅里的剩饭上面，加了盖，按上开关，回头往楼上的楼梯口望了一下，那半楼梯间转角处一时叫此时心虚的旺枞看到阿粉的影子在那暗氛的空气中闪了一闪。他纳闷地走到门口，对面的阳光已跨近门槛，墙边的一堆苍蝇都没有了，两路长长的蚂蚁也不见了，只剩下几十只散兵，在阳光下做不规则的地毯搜索。他踏出去看看巷子，几只阉鸡也不在了。前面空屋子的影子，令他觉得很亲切。他突然想到什么似的，回到屋子里，开一瓶米酒，带一只碗，还有搁在墙头上的苍蝇拍子，到对面的空房子去了。

湖光别墅的空房子，差不多都一样；花圃的菅草都高过龙柏，埋了杜鹃。旺枞坐在空房子的门槛上，一边喝酒，一边打苍蝇。至少到晚上他都不再去想邮差了，该来的时候早已经过了。再有任何类似的机车声，也分心不了他打苍蝇。

气温很高，苍蝇比上午还要多。他打了没多久，又打了一小堆，蚂蚁也开始来搬运了。但是心里越打越难过，打起来也不能像平时只是为了无聊打发时间。难过的事情像苍蝇一只接一只地飞来，他想到阿粉赌博，想到阿粉向别个男人说她的乳头小得像箸头，想到……苍蝇飞下来，他不再斟酌运力了，狠狠地打，不管拍子会不会坏，挨打的苍蝇一只一只都被打糊了，牢牢地粘在地面。苍蝇还是一只接一只地飞来，他想到炳炎仔，想到初三普度，想到姓黄的那位警察，想到……想到自己的无能，啪嗒啪嗒狠狠地打，令他难过的事情和苍蝇，越打越多，永远都让他打不完。

一部机车骑进巷子里来了。

旺枞仍然狠狠地打他的苍蝇。

机车在他家的门口停了。邮差大声地往屋里叫：

"林旺枞挂号——"

旺枞又打糊了一只苍蝇。他抬头看到邮差，也听到邮差的叫声。但并没引起他丝毫的兴奋或是紧张。

"林旺枞挂号——顺便把印章带出来。"

旺枞一下子没有办法站直。他在努力。当他听到邮差第二次叫他的时候，他有了感觉了，不知是兴奋或是紧张。他想大声应声，但是一股感动塞在喉头，不是不能发出声音，而是不敢，怕在邮差面前失态。他十分焦急，越急身体越紧得不容易站起来。

当旺枞听到邮差叫他第三声时，他只好捡一颗小石子往邮差丢过去。

新来的邮差转过头来，看到他问：

"林旺枞是你？"

旺枞头一点，泪也掉下来了。

原载一九八六年四月二十日《联合报·联合副刊》

放 生

田车仔顺着被抛出去的方向,
就在它将要掉落的弧点上,
展开翅膀,
不偏不倚地往前昂首引颈地飞去。

一

　　一到落西北雨的季节，过了午后，乌云就开始密集而压得低低的，压到哪里，雷声闪电就响亮到哪里。从这个时候，兰阳平原的农家就进入一边收割第一季稻子的同时，另一边却在抢着插第二季秧的农忙时节了。

　　位于武荖坑溪出海口右手边的大坑罟，整个村子仍然被几家化工厂和水泥厂所冒出来的浓烟，遮去了头顶上的青天。该有的阳光落在防波堤外的沙滩和太平洋的波浪间，在那里闪烁跳跃。

　　从远处传来的雷声，叫金足婆警觉地放下手中的水瓢，很快地从屋后的猪圈绕到前面的晒谷场，把几只列在屋檐外的大大小小酱瓮加了盖，再压上砖头或是石头。接着，她一转身向晒衣场边走边拍拍手，拍掉搬砖块沾上来的尘土，最后还拉上裙裾擦干净。

　　她把裙裾放下，人也到了晒衣场了。

今天晒衣场特别热闹。除了她和老伴的几件衣物，还有文通所有的，有的已分不清楚是谁的也都上场了。金足婆先走近被单，伸手抓一抓垂下来的边角，觉得被单都干了，衣服更不成问题。只是晾竿上的衣物，因为今天风势西向，都蒙了一层工厂喷出来的烟尘。这些烟尘落地的情形，倒是很有秩序：粗粒的落在就近的田里，细粉状的就飘落到金足他们家远近的地方。对这些烟害，十多年来连帝君庙里的红关公都变成黑张飞了，大坑罟的人更拿它们没有办法。不过，久而久之，对付这些落在晒干的衣物上的烟尘，女人早就有了心得。收衣服之前，只要在晾竿的中央，斟酌一下适当的力量，猛拍一下，挂在晾竿上的衣服，就像无头木偶突然受到惊吓似的，一起跳动起来。这么一来，附着到衣物上的烟尘，也就自然地随着抖落。金足婆多拍了几下，清理之后，斜举晾竿的一端抖动抖动，那些干衣服一件挨一件，全都滑到她的胸前。最后竟看不出，到底是人抱一堆衣物呢，还是人被一堆衣物包了？总而言之，事实是两条被单围披在肩上，后脑瓢和脖子全看不见，环抱合不拢手的衣服直堆到眼睛，右手还抓住一件差些滑掉的长裤，然后再用下巴用力压低面前的衣服，稍作侧头这才找到视线。她小心地移动脚步,怕的不是跌倒,是衣服掉落地。此时的雷声比刚才近了许多。她住脚转身往外看。乌云已经从旧寮压到十三份山了。接着再贯入耳朵的雷声,叫她有点莫名的着慌。本来准备抬脚跨过门槛,却叫停在那里。她想,该遮该盖的都遮盖了,该收的也都收了,还有什么叫她放心不下。想了想,想起隔壁竹围的邻居来了。她转身大声叫喊,那叫声和干干瘦瘦近七十岁的她,倒是很相配。

"咻——"先用尖拔的声音吆喝一声,"乌肉的——玉叶啊——虎、虎来了唷——"金足故意把闽南方言同音的"雨"字叫成"虎"。她这一叫,不只乌肉他们听见,连再过去的竹围也听见了。

"知道了——我正在收了——"

乌肉的媳妇①玉叶,也用尖刺刺的声音应声回来。

"你家乌肉呢?"

"我家细姑仔②生了。她一大早就去台北了。"

"你是说阿英生了——?"明知道玉叶的细姑仔就

---

① 媳妇:闽南方言中的媳妇,指的是儿子的妻子,这里的乌肉,便是玉叶的婆婆。
② 细姑仔:闽南方言,称呼丈夫的妹妹。

是阿英,但她不知道为什么还要这样问。

"是啊——就是阿英啊——"

玉叶倒不觉得奇怪。

"生坐轿子的,还是抬轿子的[③]?"

"生查甫[④]的啦——"

玉叶特别大声地叫着。至少金足婆听起来是这样。

金足自言自语地说:"阿英生了?!生查甫的!"这时候玉叶还继续说了些话过来。可是金足只顾自己呢呢喃喃地说些什么,玉叶的话全没听见。

她抱着衣服走进屋子里,嘴里又念了一遍:"阿英生了?"

早前她就向同年的乌肉提过,希望阿英不嫌弃文通愚直。乌肉也说,只要文通不念我们阿英有点三八[⑤],就娶过去当你们家的媳妇吧。其实阿英并不像她母亲自己说的三八,在金足的眼里,那是她年轻,又是男女恋爱时代的农家女性,电视连续剧看多了,不像过去的

[③] 坐轿子的指女孩,抬轿子的指男孩,这些称呼主要是来源于古代的婚嫁风俗。

[④] 查甫:闽南方言,男孩子的称呼。

[⑤] 三八:闽南方言,喻指有些疯癫的女孩子。

女人，任何事情都一忍百忍，一顺百顺，一直顺从到底罢了。大体上说来还算乖巧。乌肉当时也很欣赏同年金足的见解，并且老实地表示，她不喜欢女儿嫁到天边海角。说金足要是不怕俗话说"女儿贼"跟我住得近的话云云。可是最最叫金足感到合意的是，阿英那长得四正带翘的臀斗，再来就是可以致荫丈夫的圆下巴。三年前极力怂恿文通，要他赶快答应这件婚事，但是这孩子年纪一大把了，还一味红着脸推说人家对方还年轻，慢慢来。

"慢慢来？"金足嘀咕着。在她看来就是这一句话搬动了文通整个命运。"现在，现在人家阿英嫁了，生了小孩做妈妈了……"她长长叹了一口气。虽然文通过几天就可以出狱，心里不无高兴，但是事情跟阿英连起来想时，又是另一种滋味。刚才听了雷声见了乌云，忙着收拾屋前屋后的那一股弹跳起来的劲没了，整个人的心情，就像抱在身上的一堆衣物，糟乱不挺。

雷声又来得更近。那一分莫名的着慌，并没有因为她已经提醒邻居收拾东西而消失。她坐在床沿折叠衣服。文通的衣服两三年没穿了，虽多花一些时间搓洗，发黄的地方还是洗不掉。每展开文通的衣服，就为这孩子叫屈。过去发生的事，一回到心头就像挨针头一刺。她失神地把衣服放在腿上，回忆的片段成了一时失声的黑白影片，一直在心里打转。

她记起来她在奔跑。

她看到一群人在海滩拉拉扯扯。

她不停地叫喊着孩子文通。

她拼命三步并一步地拼，好像永远跑不到人群，人群中有一人倒下来了。

她看到躺在地上的人满脸带血。

她扑过去看那带伤的脸，抚摸他。

她看到她沾血的手，看到两眼冒火的文通。

她记得她回头紧紧地抱住文通。

可能是落在屋前不远的雷声震醒了她，但是那一串无声的回忆，突然听到文通吼叫：

"他不怕我们大坑罟的人死，我还怕他死！"

"警察也一样，不要碰我！我会连你丢到海里喂鱼！"

奇怪的是，想到这些，金足耳鸣和偏头痛的老毛病马上又接上来了。她折叠好手上的衣服，试着用双手的食指塞进耳朵，连续用力压一压，然后猛一放开；有时候奏效,但是这一次,那往脑子里直钻的耳鸣还是钻个不停。本来叫她觉得苦恼的事,一时由于冒上来天真的疑问,怀疑自己的头到底有多大,为什么那尖锐的耳鸣一直往里钻了一阵子,还没穿过她的脑袋。眼看一堆衣服在眼前,此刻好像没有比这更重要的事。她又开始拿起一件衣服展开。看它是老伴的圆领衫时,这下才明白过来,原来有什么放不下心的就是老伴。

"尾仔!"金足叫了一声,侧头注意回应。

除了雷声、耳鸣,什么都没听见。

"尾仔!"她更大声地叫着。她想这样的声音,屋子里的大小房间都可以听见了。

还是没得到响应。

正在着疑,轰隆一声从头顶上劈下来的雷声,叫金足大大地吓了一大跳。她稍一定神,抬头看看屋顶,看看身边四周。并没看到什么遭到劈击。她放下衣服,走进大厅,嘴里念着"阿弥陀佛",又转到柴间,嘀嘀咕咕念着:"这个死人,死到哪里去,也不说一声。"屋子绕了一圈,看不出有什么异样。心想,这么大声的脆雷,一定在就近击中了什么。会不会是?一想到这里,不由得精神有点振作起来。金足婆很快地跑到竹围的出口处，往心里期待发生的方向望去。

她失望了。

化学工厂和水泥厂的大烟囱，仍旧傲岸耸立在那里，从从容容地吐着浓浓密密的黑烟，和已经压到大坑罟这一带来的乌云交混为一体了。多少年来，大坑罟这一带的人对烟囱的诅咒，只止于无奈的反应，并不曾寄于应验。金足婆此刻的失望，只不过是那轰然巨响的雷声，叫委屈已久的人一时产生一厢情愿的幻想罢了。

金足走回头，随便放眼所看到的竹子、含笑、金针和红草仔，没有一片朝天的花瓣和叶片不蒙上一层烟尘。看着走过的那些花草，一时间记起午饭时，老伴好像提到采草药，要送给荣吉的孩子敷疗疮的事。她迅速回到屋子，拿了两顶盖过肩膀的雨笠，统统往头上一罩，踏出门抄快捷方式往防波堤直走。

沙滩上跳跃的阳光，全都被乌云赶走了。贴近地面的空气，冷热还没完全搅和；站在堤防上望着村子里的庄阿尾，没看出那一声巨雷之后的动静，倒是觉察到吹过额头的风是热的，膝盖以下却又像是泡在流动的溪水里。豆大的雨点开始稀疏地打下来。眼看溪埔那一头，西北雨落得入雾，同时向着堤防这一边移过来了。他握一把足够让荣吉的孩子敷两帖的鸡舌红草,大步地下了堤防。

才撒了稻热丹毒杀金宝螺的水田,一只中了毒的黄鹭,被半跑来着的阿尾惊吓得逃离田埂,摇摇晃晃地直往刚插好秧的田中央拍翅奔跑。

"田车仔⑥!"老人家惊喜地叫着。他忘了要躲雨,下田就直追。两只塑料拖鞋,一只翻在田埂,一只被埋在田里。田车仔没命地拍着翅膀,就是飞不起来。最后,连翅膀都贴在水面举也举不起来,跑也跑不动。溅得一身泥水的阿尾,逼近动弹不得的田车仔,心里好不紧张又兴奋。要是这件事情落在一个顽童的身上,让阿尾看见他为了捉一只鸟,竟然把秧苗践踏得这般东倒西歪,不骂他骂得狗血淋头才怪。他也不知道什么缘由,轮到他这个老头自己,那消失已经久远了的、男童才有的那份原始冲动,还是这样的见猎心喜。他好怕就差这么半步远的距离,才让田车仔飞掉。他急着要抽出落在后头的右脚跨前,但是左脚也一样,统统酸得抽不出泥面。他只能探着身躯尽量伸手探过去,伸,伸,就

---

⑥ 田车仔:闽南方言的音译,指的是黄鹭,一种常见于湿地的小鸟,主要以鱼虾为食。

是差那么一点点。田车仔看到就要碰到它的手,正准备做最后一试的起飞时,老人看情势不妙,急出一股力量,跃身扑过去,把鸟捉住手里,人也直直地趴在水田里了。想想自己的模样,禁不住地笑起来。衣服全都湿了,索性就坐在水里,小心翼翼捧着田车仔端详。惊慌不已的田车仔,它急促而有力的心跳,一下一下清清楚楚地鼓着它小小的躯壳,再传到捧着它的那干瘦的双手,和此刻老人家的心跳,互相呼应而怦怦作响。埋藏已久的歉疚和一股喜悦,一并从心底深处升上来。他以对待一个小孩子说话的口气,连连念着:"我捉到了!我捉到田车仔了!"听那慈祥的口吻,使得那捧在他手里颤抖的田车仔,越发显得宝贝。刚才辛苦采来的红绿两面的鸡舌红草,零零落落红绿相间地撒在田里。

其实,文通小时候就喜欢和田车仔玩。自从文通上了小学,结交了一些新朋友之后,往后的日子自然有许多新鲜事物,让他忘掉和他玩了一个多月的田车仔的飞失,同时也一并忘了他吵着一定要回田车仔,恼怒父亲,而叫阿尾拉开他时,失手把他的肩胛拉脱臼的事了。但是,这对当时的阿尾,曾经折损过三个小孩的阿尾而言,是一件很深的内疚。在短短的几天内,就想尽办法捉了好几种鸟回来给文通。小孩只爱飞走的那一只田车仔。过后，大人和小孩，事情就从淡忘而到全忘了。不过事隔三十年，自己所作所为所经验过的事，能够留在记忆中的，实在比忘记了的少得不能比。可是，那些忘记了的大部分当中的某一件事物，经过一段长时间的埋没之后，在某一个时间和某一个地点的搭配，当他看到某一件事物时，不经由记忆就有了反应和行动，甚至于连自己也不很清楚他在做什么，为什么要这样做。庄阿尾就是这样。他除了今天，那就是最近和金足一道去龟山监狱，探望文通回来的途中，在土地公庙下了公路局的班车时，就在那里被一只田车仔吸引住了。老巴士启动的引擎产生的气爆声，把一只躲藏在庙后九芎树丛里的田车仔吓出来，它顺着田埂跑了一段，才慢慢地飞了起来，飞过一波一波推过来的稻浪，然后渐渐地，渐渐地消失在远处的一个黑点里去了。阿尾望得出神，连自己也在意识里，缩，缩，缩到成为同一个黑点时，要不是金足拉开嗓门大叫一声，恐怕他也要随着那一只田车仔消失了。

　　金足婆之所以会那么猛切叫喊，实在是看到老伴那种失神的模样给吓着了。原来她一下车就走在前头，话滔滔不绝地讲,有那么一段路了,觉得她的话不见阿尾哼应半声,这才叫她回头看到老伴还停在站牌那里发呆。

"尾仔!"

阿尾没听见。他一直凝望远去了的黑点。

"尾仔!你是死了吗……"更猛切地叫着。

这下老人家听见了。他醒过来似的,往金足这边看了看,无趣地深叹一口气,像是有点不情愿回到这个世界。他无可奈何晃啊晃地晃到金足的身边。

"你害我像疯子,一个人跟自己说了半天话。"话虽然没有一句好听的,眼神却十分关心地舔着老伴的脸。

听了金足的话,老人家觉得好玩又好笑。"看。有什么好看?"他张着嘴巴笑着说。但是笑声一丝不溢地,全都被那没有牙齿支撑,两颊和上下唇都向口腔凹塌进去的黑洞吸掉了。可是金足婆可听见他的笑声。她说:

"笑!你说不是?我这不像个疯子?你到底站在那里发什么呆?"

"哪有。"话是这么说,金足还在问罪,他恍惚间脑子里又出现那一只田车仔,优雅地拍着翅膀,越过一波一波金黄色的稻浪,穿过一朵一朵映在水塘的白云。他禁不住回过头,搜寻消失到蓝天的那一个黑点。

"尾仔!"

"我又不是聋子,那么大声干吗!"

"你啊!你比聋子更糟!我看你十分是给亡魂牵走了。不大声叫你,你会回来?"看老伴一下子就惝然不清的样子,心里真有点害怕。这一辈子虽没见过亡魂仔,在年轻时,村子里动不动就有人失踪。那时候村人不是请来清水沟的哪吒太子爷,就是请牛埔仔王公,起轮轿,出签书,由两人抬的轮轿在村前村后跌跌撞撞,到处找人。有的在野地找回来了,有的就此不见了。村人和金足都确信这些人是被亡魂仔牵走的。看那些找回来的人,也都是失神发呆。金足困惑地打量着老伴,口里不住地念着"阿弥陀佛"。

"不要这样看我!"阿尾有点不悦。

"你没怎样吧?头晕?想吐?"

"你这、这、这才疯呢!"阿尾烦不过,"你这样,我没怎么样也会被你逼得有怎么样。疯了!"

"还不是关心你,为你好。"

"快走,快走。"这下阿尾精神来了,"肚子饿了。你还要烧饭呢。"

金足从话中似乎觉得被需要而感到愉快。她轻松地说:"你这笼中鸟,放你出去你也活不了。"

两个人转入村道,心里也觉得快到家了。阿尾搜览着两旁的稻田说:

"这些稻子这几天都会收割了,再等到插秧的时候,文通差不多也回来了。"

"我也正在想这一件事呢!"她很高兴这么巧合的事。

"他的房间,还有他的衣服,都该整理整理,洗一洗晒一晒了……"

"这还用你讲!"

好容易才叫两个爱顶嘴的人平静,而有了一两句优雅斯文的对话时,阿尾的话,无意地伤了金足。她说:"你只有那一张嘴。你呀,等你掘井,大家渴死。"

但是想到文通这孩子,金足伤心地诉说着:"这孩子,他说出狱那一天,不准我们去接他。不准?这哪里是他对我们俩老说的话。不准?"原来她想阿尾会怎么说,看他沉默不语,又怕阿尾误会她的意思,她补充着说,"其实我才不管他怎么对我说什么。叫人伤心的是,为什么他不想我们去接他回家?为什么?"

"这家伙的脾气你又不是不知道……"

"都是你宠坏的。你看别人,人家是多么盼望家人去探监。只有这孩子跟人不一样。见了他不安慰我们几句不打紧,还怪我们常去看他……"金足说得心酸喉塞而停下来。

"难怪你要难过。连他这种话你也相信。"阿尾说,"他说这种话,你该知道他心里面有多矛盾啊!他看我们两个老人家,每次老远跑去看他,你想这孩子忍心吗?我认为文通比别人更会想。"

"孩子是我生我养大的,我当然知道。你以为我就是那么傻,我啊,我只是……"说到心酸处,语调也悲了,"我只是希望听到他说一两句好听的话罢了。做母亲的就是这样,这样傻!"

阿尾无语地走近村口,不觉间,不知是方才看到的,或是另外的一只田车仔,它又出现在前面,沿着圳沟两岸盛开的野姜花,贴着往海口那一边飞去。阿尾又出神地望着。这次金足没惊扰他,随着他的视线望去,准备发现什么秘密的事,可是什么都没看到,只是每天都看到的田野,还有远处几只将和野姜花混在一起的飞鸟而已。金足真想不透老伴又为什么出神发愣。

"喂啊!死人。"

刚好飞鸟消失了。阿尾像是没事地转过头,看到金足那一张他说是"苦瓜面"的脸,他禁不住张开漏斗形的嘴巴,无声地笑起来,笑得口水都淌下来了。

催着骤雨的雷声移到对岸去了,雨势留在这边落得十分紧密。

湿了一身的阿尾,跑,不跑都一样,他换了便步,弓着身子把鸟护在怀里。戴着两顶雨笠的金足,在雨中远远的就看到人影,从容地向他这一头走过来。她赶了几步。她猜对了,就是尾仔。她十分讶异:莫非真的着了亡魂仔?

"尾仔,你疯了!雨这么大,你在游景?……"

她边跑过去边叫。但稍一接近,看到老伴抱的是一只田车仔,再次地吃了一惊,一时话也没接完。

阿尾看到金足,心里更高兴。倒不是为了金足带来对他的关心,只因为捉到田车仔的喜悦,随即就可以告诉她。再说金足那一张困惑不解的脸,使本来高兴得就想笑的他，不由得觉得更好笑而笑了起来。由于笑在先，所以本想说"我捉到田车仔了"这句话，竟叫靠过来的金足，一边摘下头上的雨笠罩在他的头上，一边抢先说："田车仔？又不能吃捉它干吗……"话还没说完，看到老伴的脸一下子拉下来了。金足改了口气放低声音，"感冒还没好，再着凉可就要你的命。"

阿尾一时变得非常不愉快，同时一听到感冒两个字，喉咙却痒起来。一阵咳嗽挤在喉头蠢蠢欲动，为了面子，他想再怎么也不能叫金足给说中。他运气抵住喉头憋着。但是不憋还好，一憋，一阵剧烈的咳嗽，全身震动，眼冒金星，雨笠滑到背后。

"看！才说着哪。"她关心地说。

但阿尾听起来就不一样，浑身不舒服，还咳个不停。金足一边替他扶好雨笠，一边拍着老伴的背。阿尾扭开身体，不叫金足拍他。被咳嗽吓着了的田车仔，挣出一点力气想飞跑。阿尾紧张了一下，抓牢了它，咳嗽也停住了。

被老伴扭开手的金足，心里的滋味也不是好受。明知道这个时候不再讲话最好，可是嘴巴不听话，口一张，话也就出来："骨头都要敲鼓了，还使小孩脾气！"抑不住的话，还能把语气压低，尽量叫一句责备的话语，变成像哄骗小孩。

平时憨厚的阿尾，只会跟金足赌闲气。等他闲气一赌起来，就像桩一样，钉在那里连根也长了。谁都拿他没办法，两个人一时僵持在那里，一个为面子，一个为的是不知怎么才好。这种情形一秒钟也觉得很长。金足心里自责不该和他顶在这里，害他受凉就不好。"你疯，我才不疯。"阿尾抛下一句话掉头就走。没有几步远后悔了，就又跟上她。

阿尾的牛脾气金足早就知道，想不透的是他抓田车仔做什么？为了一只田车仔还淋了一身不顾，怎么想、怎么翻，在那漫长的日子里，也找不到尾仔对田车仔有丝毫的兴趣。

想啊想，想到老伴最近有点怪，就在这点怪上，金足突然有了发现。前些天探监回来，从大马路转到村道，老伴第二次望着远处发呆，她顺着他的视线搜寻。一大片常见的田野。她想老伴捧在胸前的田车仔。再想到田野的风景，有一只鸟在飞。她有了这个印象。现在想起来，那一只鸟即是田车仔！得到这个答案，心里不无高兴。正想回头看看尾仔，一下子给自己止住。为了证实自己的答案，脑子一翻，一只似有似无的飞鸟变得很清楚了，不但可以看出是一只田车仔在飞，再而怎么飞，还是在那可以看得很清楚的地方飞翔。"就是田车仔！"这证明这些天来，尾仔动不动就发呆的情形，至少不是中了亡魂仔的邪。金足婆身在阴霾的天气中，心里却是一幕蓝天，一片金黄色的稻浪，一只飞着飞着的田车仔。

兀突站在田里的阿尾，被雨后吹拂过来的凉风，吹得直打哆嗦，捧在胸前的田车仔也随他颤抖。他抬头，在他的视野里看不到金足的影子才划开第一步。他不是怕金足，也不是讨厌她，他怕的是，这个时候两个人一碰面，不知对方说了什么、做了什么而引起的意气，他就是讨厌这个。他考虑不该从前面回家。那个女人总是要说几句话的，即使不开口，在肚子里也会嘀嘀咕咕。他断定金足会说："好汉就不要回来！"只要他这么一猜测，浑身就感到不舒服。尤其见了面，谁说话也不是，谁都不说话也不是的，那种尴尬劲真不好受。

金足婆一踏进门，第一件事情就是拿出一套老伴的干衣服，好好放在进大厅就可以看到的长凳上。才放下去，马上又拿起来。她想，这个死人筋都打了结了，什么事情都为反对而反对。你要他换衣服，他偏不换。把衣服放回橱子里，才把橱门关上，心里又觉得不对。平时就替他准备衣服惯了，这次明知道他需要换衣服，反而不为他准备。要是让他反咬一口，岂不是冤枉。想一想，又把衣服取出来。考虑了一下，把它放在床沿就当着折叠好的衣服，还没收进橱里。如果对方怪她没准备理他，衣服不就摆在这里？对这一个进可攻、退可守的位置，好像下棋落准了一个子子。为了回避和"青面雷公"照面，她到后头猪圈继续剁猪菜。虽然刚才被老伴无理的、令人不愉快的冷遇对待，心里还是因为文通就要回来了，还有刚刚衣服摆对地方，再者就是她发现尾仔几天前就是为了田车仔发呆的种种，心里还是很高兴。眼睛看准左手握着压在砧板上的番薯藤，右手的菜刀一刀一刀地剁，番薯藤一寸一寸地散开，脑子里却是一片金黄色稻浪，蓝天下，一只田车仔一而再、再而三地重复在那里飞着。"没错，就是田车仔。"可是才这么有把握肯定自己的答案，突然几个疑问击过来。

"尾仔为什么要对田车仔发呆？"

"他冒这种雨捉田车仔？"

吃嘛？闹饥荒也没人吃田车仔。养？谁养过田车仔。剁猪菜的动作一停,金足把菜刀砍入砧板固定,人和刀子一样愣住不动。前些时还算愉快的心情,一下子换过来了。她陷入困惑不解,同时感到受自己提出的疑问所骚扰。认真去想它又得不到答案。不想它嘛,它又在脑子里纠葛。一张受困而僵住了的脸,给阿尾一脚踩进来的同时踩破了。大家都为了不想碰面而碰面的情形吓了一跳。阿尾为了这个意外的惊吓,吓得觉得好笑,他忍禁了笑声往里钻。金足却只顾低头,举起菜刀又机械地剁猪菜。至于尾仔要做什么,她只有剁猪菜等着怎么办。阿尾捧着田车仔在屋子里绕了一圈,由于刚刚差些笑出来,虽是忍禁住了,心情也轻松多。他并没有急着解决身上的湿衣服会导致受凉,本想叫喊出来问问金足东西在哪里,但又觉得突然。剁着猪菜的金足,心在里面,她往里探头听听动静,不料一身湿淋淋的尾仔,从里绕出来而又把她吓了一跳。这次阿尾是忍不住了。他带着笑声问:

"我们以前不是有一个鸡笼子吗?"

"你还没把衣服换下来!"

"我跟你说鸡笼子,你跟我说衣服。"

二

  金足婆很快地就摸清楚有了田车仔之后，和尾仔的生活秩序。只要不反对养田车仔，不问有关田车仔的把柄出来，全都和过去一样。

  田车仔罩在鸡笼子里已经养了三天了。它开始会站起来，但是两根细长的脚一直抖颤不停。阿尾说是农药中毒未退，金足说几天来都没吃鱼腥。只要对田车仔有好处，阿尾都听得进去。近中午的时候，阿尾提着塑料桶和一只畚箕回来。看他两只裤管卷得高高的，全都湿了，金足还以为他捉了不少泥鳅，而感到讶异。

  "有吗？"

  "有个屁啊！没有。"

  "我才在想，从有了这些工厂之后，大坑罟就看不到泥鳅、田螺、三斑、水龟仔、蛤仔，可以说水里的活物都没了。你怎么会想到去捉泥鳅？"

  "怎么知道。只是想随便去捉捉看，哪知道全都死光光，连一条泥鳅影子都没有！"

  阿尾放下手里提的东西，蹲在鸡笼前看着田车仔。"有没吃？"

"我把吃剩的鱼头拌饭,没看到它动。"接着金足愉快地说,"但是鱼头引来了苍蝇,我看到它啄来啄去,不知道吃到了没有?"

"真的!"阿尾也高兴起来,"我看不会死吧。"

吃午饭的时候,阿尾还像个小孩,脸不全向桌子,斜向鸡笼,一边扒饭一边勾着眼睛看田车仔。金足想说几句话,马上又提醒她不要换来不高兴。她把话扯到另一个地方去。

"菜市场人家卖的那些泥鳅是哪里来的?"

"养的啊!像养鳗养虾那样养的啊。"他看了一下金足,又转向田车仔说,"一斤泥鳅一百六十块。它没有那个福气。"

"什么?一斤泥鳅可以买四斤鸡啊!"

"你才知道。"

"我们小时候,泥鳅就等于泥土,谁要?抓多少都拿去喂鸭子……"

"以前以前,以前还用说!以前我的祖奶奶不死的话现在也还活着呢,以前。"这样的话语令金足以为又说错什么惹他生气,停了一下。

阿尾接着说:"以前我们这里哪有工厂?哪有工厂

放毒水？以前……"

"说到工厂，不说还好，那还不是你们当时……"金足刹住自己的话，看看对方。

"我知道你要说我什么。"阿尾笑起来了。

看到尾仔又有说有笑，金足就说：

"我看那时候大家都疯了，大家好像中了邪术，喝了那个姓杨的符仔水，全庄头都中了选举病，特别是你们这些男人……"

阿尾脸带笑容眯着眼睛，听金足说：

"你们这些男人就像蚂蚁，一碰头就讲话，一句两句也好，就是讲选举的事，拜托来拜托去，晚上说梦话也拜托拜托拜托……"

"太夸张了，冤枉人。"阿尾愉快地笑。

"冤枉？田里杂事也不管了，到处去替那个姓杨的拜托拜托。我拜托你去巡巡田水，千拜托万拜托，拜托不动就是不动。还说很忙。找文通嘛，十一二岁小孩，也跟你一样，跟你到处跑，两个人回到家还是谈不完选举的事，谈得满脸通红……"

"啊！你看，田车仔吃到苍蝇了。"阿尾突然打断了金足的话，兴奋地叫起来。

金足看看正在吞蝇虫的田车仔，看看莫名其妙不知在高兴什么的尾仔，有点失望地说：

"我在跟你讲选举的事，你在跟我说田车仔吃苍蝇。"

"我在听，你说我和文通回到家也谈选举，谈得起劲脸都红了。对不对？"他笑着。

"我还以为没听见。"停一下吃几口饭，金足又说，"我没说错吧？真的，全庄头都发烧了。整个大坑罟……"

二十多年前，在这种穷困的乡下，不管大小选举，国民党除了在城里，很少在这种地方挖得到票。但是这一次不同了。国民党在当地的学校，推出一名校长出来竞选乡长。他在政见发表会中说：

"宜兰县为什么会穷？因为我们代代都是拿锄头种田的。在兰阳平原里又为什么我们最贫穷？因为我们农不农，山不山，渔不渔。所以本乡的年轻人都往外跑，到外地讨生活！……

"罗东镇为什么比较有钱？因为它有四结中兴纸厂、肥料厂、被服厂、制材所各种各样大小的工厂很多。工厂使多少人有固定的收入，养多少人的家庭，使多少人的子弟有机会念书读大学……

"你们大家选我当乡长,我绝对有办法在任期内,说服台湾最大的企业,来我们地方设厂。那时候你们的子女可以到工厂工作,赚的钱就是多余的。俗话说'吃要吃好,做要轻巧'。就是这样。还有,子女也不必到外乡讨生活,免得你们在家担心……"

这些话,叫当时无党无派的候选人,从他口中所喊出来的"民主""自由""平等""人权"都变成空洞的口号。

罩在鸡笼子里的田车仔,一直试着啄取苍蝇。看它伸出长长的脖子,等着细长晃动的脚站稳之后,才采取攻击。但是不能配合得当,往往是苍蝇飞了,它嘴巴的喙尖才到。

这种慢半拍的动作,叫阿尾觉得有趣。

"呀!吃到了,又吃到一只了!"

金足懒懒地抬头:"早就看过了。"

"可惜脚还很软。"停了一停,阿尾又转了话题,"发疯也像是一种传染病。你怎么只怪我,大家都疯了。"

"特别是大坑罟。照道理我们溪南是苏澳镇,是选镇长。他们溪北是冬山乡,是他们在选乡长。结果我们镇长没去选,大坑罟人都过溪去替人拉票。你说这疯不疯?"

"这有什么疯?人家说好,工厂要设在溪边这里啊。"阿尾一边说着,一边看着田车仔,"又吃到了。"

"我看不必买泥鳅给它吃了。"

"什么?你要买泥鳅给田车仔吃?"

"我只是这样想,紧张什么!"

"我真不能了解……"金足把话吞了。

"不能了解什么?"声音有点紧。

金足本来不小心要问他养田车仔做什么,马上又想到可能会惹引老伴的不快。随便找一句嘛,除了想问他为什么要养田车仔之外,又想不出什么。只好又说:

"大家都疯了,整个大坑罟都疯了。"

"这句话你要说几遍?"阿尾从吃午饭开始,这才算第一次转过头好好看她,"大概快一百遍了吧。"

是说了很多遍没错,金足心里明白,但是这一次可是无意中说的。看尾仔的责问,她倒不是生气,思想也畅通,话自然就接上去。

"你说不是疯,为什么后来大家发誓不理政治不碰选举,后来,后来大家又跟第一次一样,庄头到庄尾都烧起来。这不是都疯了?"

"疯了?"阿尾看着田车仔,连不讲理的霸道也没了似的,轻轻地说着。

是不是该承认那是不是疯了,那是另一回事。整个事情的记忆都还那么清楚。

姓杨的当选为乡长了。因为国民党的支持,很快地把乡公所公共财产的土地,几乎是半送地将它送给商人。工厂设立了。那开始让村人看来象征着他们步入现代化的烟囱,夜以继日地喷出浓浓黑烟,覆被五六公里方圆。几年以后,农民才发现农作的嫩芽和幼苗的枯萎,和烟尘有绝对的关系。同时发现身边的溪流,和饮用的井水都有一股难闻的怪味。村里的年轻人没几个到工厂上班不打紧,污染的问题时间一拖,问题越来越严重。过去不曾有过的,说不上病名的皮肤病在村子蔓延,有几个壮年不该死的时候死了。这么一来,有些根本和工厂无关的事情,也都记在工厂的账上去了。

老一辈的村人经常说:"我们大坑罟的人最单纯了。根本就不必设什么官厅。"就因为这么单纯,他们一旦想找官厅陈情,急了一段时日,始终找不到门路。

"找官厅?官厅找你简单。你找官厅?"大家的经验支持了这句话。于是同意用抗议的方式提出控诉。经常参加国民党开会的村干事,在村人还没跳墙之前,说是要解决问题,召开临时的村民大会。

"问题总会解决,请大家不要冲动,当心被大陆的共产党利用和煽动……"

"村干事,你这么说这里有人是大陆的共产党。"群众的笑声,鼓励了有点怯怕的这位村民,他说,"我们出生在这里,哪里也没去过,我们怎么会变成共产党?"

"不,不,话不是这么简单。共产党无孔不入,无所不在。还有'台独分子'也一样。我们千万要小心……"

阿尾想到这些突然笑起来。金足看了他一下,阿尾接着回答她那一眼的疑问。他说:

"想到得根仔的儿子大枞就好笑。那晚你不是也在场?"

"我们女人都在后面,有些话都听不清楚。你说大枞怎么样?"

"他说，"阿尾又笑起来，"大枞他说，'村干事，你的话怎么和教会来传教的一样？他们也说上帝无孔不入，无所不在'。"

"我记不得了。"金足觉得好笑，"村干事怎么说？"

"说不要开玩笑。连说了好几遍。自己说人家开玩笑，后来警察就常常到得根家坐坐。"

几年来这么大的房子只有他们两个，同时年纪也到了回忆多于梦想，有时间就是叙叙过去，很多事情都是一而再，再而三地重叙着。可是，像选举和工厂这一类的，偏向外头的事情，倒是少有，无意间谈起来，觉得新鲜有趣。所以饭是饱了，话却觉得还没说够。

"哟哟，你看。田车仔又吃到了。"金足有意无意地为了融洽，也觉得有趣地叫着。

"看到了。"阿尾反而显得没有先前热衷。因为他继续地想着过去的那些事。他深深地叹一口气说："对，大家都疯了。"

这句从刚才谈话到现在，金足是说了很多次，多到让尾仔感到厌烦。然而现在竟听到表示厌烦的人也有同感时，反而叫她自己也给弄糊涂了。

"你是说……"金足未能了解对方的意思,她问。

"你不是一再地说大家都疯了嘛。"

"噢!是说这个。"金足得回信心说,"是啊,后来还不是一样……"

"真的,后来更厉害。疯了!"

大坑罟的村民,在村干事特别提出《戒严令》戡乱时期临时条款,还有有关扰乱社会公共秩序的种种罪行,并向大家详细而具体地说明之后,那个晚上,一个巨大无比的、冷血的阴影就罩住了整个村子,覆盖着事实的真相。每一个村民的心头也都被冷冷的吸盘慑附在上面。等到杨乡长连任两期即将退任之前,一个真实的消息走漏,一夜之间,全村子里的人都知道,姓杨的退任之后,马上就转入工厂的公司内部当一个高级主管。同时全村子的人也才明白过来,过去他们是被利用了,被金光党[7]欺骗了。知道整个事情都是事先计谋好的骗局。

"那时候,文通说得一点也没错,说只有金光党才会骗乡下人。说得县政府人和工厂的人都翻白眼。"他

---

[7] 金光党:原意是利用假的黄金,或是以镀金的方式,引诱被害人上当的骗徒群,后来代指诈骗的骗徒。

得意地说。

"都是你宠坏他，他才乱说话。"金足望着在笼子里啄苍蝇的田车仔又说，"其实他跟你一模一样。"

"跟我一样有什么不好。"

"爱带头，大头病。⑧"

阿尾被说得像搓香港脚的感觉时，听到一声重复金足的话当问话说："大头病？谁是大头病？"之后，影子一闪，连发踏进来了。

"连发，吃过饭没有？"

"现在？吃了。"连发还没落座就被田车仔吸引住了，"那不是田车仔吗？养它干什么？"

金足心里好高兴，她不敢问的，现在连发替她问了。她看着尾仔，等他怎么说。

"没做什么。好玩嘛。"他的回答自己也似乎没什么信心。原因是三天前捉它回来就没想过他为什么要捉田车仔回来养。现在连发问，他想了一下，自己也说不出所以然。

但是对田车仔的兴趣，或是不自觉在心底有一份重

---

⑧ 爱带头，大头病：闽南方言中，带头与大头发音相似，因此，很多乡下人称呼那些没有能力当领导又爱指挥的人，为大头病。

要性的事实，那是没有变。

连发对养田车仔的事，没一丝好奇，也就不再问下去。金足失望了。

"这几天你怎么没去庙里聊天？大家还以为你生病了。"连发说。

"他哪里生病，为了这只宝贝田车仔。"金足故意把问题拉回来，希望连发追问下去。

可惜连发脑子里早就有一个问题，也是代表庙里那些老朋友的关心。他问："文通不是快回来了吗？大家说希望吃吃猪脚面线替他消灾，然后大家要一起请他喝几杯啊。"

"下个礼拜。"阿尾兴奋地说。

"下礼拜？那就快了。"

"我们刚才也正在谈文通仔，也谈选举，也谈工厂……"金足说。

"说不完的！"连发叹口气又说，"庙里不是常常讲，好像在讲《三国志》咧。尾仔和文通都是里面的大角色。"

"哪有？你才是大角色。"金足高兴地回道。

"我啊，我是甘草，我是撑旗军仔、黑卒子，每出戏都有份。"

他们说着说着，有三个人谈往事，互相补充来补充去，很多细节的地方也谈到，而使整个往事，渐趋丰富，谈者的兴趣亦浓厚起来。

"大家又像疯子一样，比以前更狂……"连发也没经过暗示，一开头就说"大家都疯了"。

第八年的乡镇长选举，本来大坑罟人对选举已经很反感，甚至于发誓不再闻问选举的事了。可是，听说一个无党无派的候选人，他没有其他政见口号，他唯一当选乡长的愿望，即是要把设立在溪边的工厂请走，请不走就把它拆掉。听到这样的声音，长久以来受害最深，又无处申诉的大坑罟人，真的就那么样地再度疯起来，自己的镇长不选，跑过河去帮别人的乡长候选人拉票。

"那时你们家的文通好像是二十出头吧，他也上台助讲你还记得吧。"连发带着夸赞的口气说，"老实说，大家都认为你们家的文通虽然书念得不多，但是比起候选人读过大专的更会讲话。人家说他讲话条条有理，不怯场，声音大，给他的掌声最多。"

"呀!爱站封神⁹台了。叫他不要,他说头都叫人洗了没剃怎么行。"话是这么说,金足心里还是觉得几分欣慰。

"哪里,我们村子就是缺少这种人——上台会拉会唱,下来要担要压随他。"

"你们这些抬轿子的,我家文通就是被你们抬上去的。"

连发笑着偷偷指身边的阿尾。阿尾知道连发在说他。他只顾张嘴没出声音地笑。

国民党提名的候选人,顶着前任的恶名,彻底地落选了。决心要请走工厂的候选人,得票遥遥领先当选了。村子里还演野台戏"陈世美反奸"庆祝。溪北选区的乡民,调侃大坑罟的人说:"人家吃米粉,你帮人家叫烫。"村民接着就是等新任乡长,怎么去把工厂请走,或是拆掉。

第一年,乡长说:"请一个大工厂走,跟请一个人走不一样啊,没那么简单。"

这一点大家可以明白。应该等。

---

⑨ 封神:闽南方言,形容一个人爱出风头。

第二年，乡长说："上面已经知道这件事了，并且很重视。"

大家听了很高兴。可以等。

第三年，乡长说："快了。"

大家认为那么多年都挨过来了，即使说慢，只要能把工厂迁走，时间倒不是问题。再等吧。

第四年，乡长常常不在。主任秘书说："根据专家学者的评估，这所工厂在我们这里，利多于弊。所以不要轻言赶走工厂。"

后来，有一天晚上，乡长在罗东镇的一家餐馆，被文通仔他们碰到，在议论拉扯之间，跑去打电话叫警察的人，被人阻止了。那人说："选举又快到了，就让这件事情烂，越烂越好，发臭越臭越好。就让他们见报，就让他们去传。这样对本党才有利。"

第二天，报纸拿了文通骂乡长的话，但只取半句当标题——"欺骗乡下人，无派无党也是金光党"。

才从陆战队退伍回来的文通，不管报纸是怎么扭曲了他的话，一上了报，在地方上一夜就成了英雄。

"总讲一句话，文通仔是失栽培。不然，这孩子不得了。"连发站起来，要走之前感慨地说。

"还早。去哪里？再聊聊吧。"阿尾说。

连发已下了檐阶了。他说："聊不完的,像《三国志》唠唠长的。走了。"

客人一再地肯定文通聪明能干,年轻有为,使俩老听起来心里不无安慰。但是,最后临走之前,又说什么什么不然,这孩子不得了。他们不约而同地目送连发,看连发消失在竹围的出口时,俩人同时感到,刚才在这屋子里拥有的什么,一下子都被抽空了。要不是适时一只老猫逼近鸡笼咧嘴舞爪,让阿尾紧张地喝叫,恐怕都会窒息掉。

"不要打它啦。今天还没喂它。鱼头本来是它的。猫咪!过来。"

老猫听话地走到金足的身边,依着她的脚磨蹭。"走开,不怕我踩到你。"

阿尾蹲在鸡笼边,说他在看田车仔,倒不如说他被田车仔吸引住了。

过午后,才斜进来的阳光不见了。

一声比一声接近的雷声,好像把雨赶到滨海公路那边来了。金足撇开老猫,赶忙地跑出去替屋檐外的几只酱瓮加盖。看田车仔看得入神的阿尾,被金足一声

"咻——虎来啦——"把他叫醒。他懒懒地站起来,一手高高地扶着门框,一手叉腰地望着外面。

一声大概越过公路的雷声,不知让老人家想起什么,他自个地在那里笑了起来。

三

没有几天,田车仔的双脚不颤抖了,对剩饭剩菜也不挑嘴。飞进来的苍蝇,没有一只再飞出去,无聊的时候还会拍拍翅膀,想象在天空飞翔。

"不会死了。"金足说。

"现在是怕它飞掉,才不是怕它死。"阿尾说着摸摸压在鸡笼上面的砧板。

"你说我们真的听那孩子的话,不去接他?"金足问。

"我也很想去接他。但是他说得那么肯定,我们去了恐怕他会不高兴。"阿尾踱回来说,"就依他的意思好了。"

"你这个人也真是的！"

"不然你来决定好了。"

金足自己又拿不出主意，只在那里反复地擦饭桌。有一会儿了，她以为老伴会再提出什么办法，结果只见他沉默在那里看鸟。仔细看他的神情，又不像是在看鸟。他面对着鸟发呆，就像前些天探监回来，在途中望着天边发呆一样。金足自己认为她知道尾仔在发什么呆。本来想问个清楚，到底去不去接文通回来的话也不问了。她想着尾仔正在凝望的那一片田野，那机械地抹着桌子的手不动了，一只田车仔优雅地在金足的脑海里，飞呀飞呀地飞着。

沉默下来的安静，轻轻地惊扰了蹲在那里的阿尾。他回头看到金足的瞬间，也稍稍吓了一跳，因为他以为金足已经不在那里了。金足愣着。他莫名其妙地不高兴着。"怎么了？"

"什么怎么了？"金足自己一时也不清楚她回答了什么。只看到老伴差不多五官都缩在一块的苦脸。

"接文通回来的事啊！"

"我问你啊。"

"问我，问我！我不是说过了！问我！"

"是啊，到底去不去？"金足还是抱着希望，想听到尾仔说"去"！

阿尾气得把板凳踢倒。其实他心里和金足一样，很想去接文通回来。可是又怕文通不高兴。他想文通一定会很不高兴。突然，他很痛苦地叫了起来："这孩子像一头蛮牛你也不是不知道！"说着气呼呼地往后头出去。

这时，金足完全能够体会尾仔，那看来似乎无理取闹，动不动就爱发脾气的心情了。是的，这孩子。她这样想着。

文通服役回来之后，没有几年，原先有的工厂没迁走，接着化工厂、水泥工厂来了好几家。他们联合起来，成了更不可动摇的势力。在这个县内，他们劳军捐献第一，议员集体观光考察他们助一臂之力，慈善活动不后人，各种大众传播机构的周年纪念，他们不忘刊登祝贺广告，等等。这一切所谓的公关，对大坑罟的人而言，没有一样办得到的。到头来，只有一个结论，那就是"谁叫你们要住在这些工厂的下游"。

本来大坑罟两百多户的居民，靠着出海口一带的鱼苗场，捞鱼苗维生。他们在冬至前捞乌鱼苗，三月初到九月之间捞虱目鱼苗，九月底到春节捞鳗苗。一年大概有十二万元左右的收入，再加上一点农产品的收入，勉强可以维持生活。但是，从上游有了工厂排放废水之后，鱼苗被毒死了，少数没被毒死的鱼苗，中毒之后失去健康，要是鱼苗市场知道来路，大坑罟的货也就冷门。收购鱼苗的批发商之所以肯买他们的货，第一，可以杀价；第二，把便宜货混在其他地区的鱼苗卖出去，可以获得暴利。很显然的，大坑罟越来越难讨生活了。一年的平均收入五万元不到，农作的贴补，也因为上游水泥厂的采土，破坏了水土保持，早几年前就被波蜜拉台风带来的洪水，冲失了大部分耕地。到目前两百多户的住家，只剩下十多公顷的土地，其生产对低收入的他们而言，只是换累不换饱。另外除了没什么鱼苗可捞之外，遇到工厂每四天或是五天不等地放出恶臭的黑水时，只要身上有一丁点伤口，一碰了这种废水，当时扎痛不说，日后的溃烂更为困扰。几年来，大坑罟的女孩子嫁出去的大有人在，男孩子把外地的女孩子娶进来的，相对地就少了很多。在这种情形下，离开大坑罟的人就有一百多户人。他们都搬到其他乡镇，无法改行的，都挤到新竹南寮的渔村，还是以捞鱼苗维生。可是，一时有那么多人涌到南寮，造成当地的鱼苗业，在个人的收入，马上就被分掉一半。南寮人极力排斥大坑罟人，乃至于发生械斗的事。

　　文通他们，把被南寮人压在海里溺死的金泽运回大坑罟安葬之后，他们年轻人谈啊谈，谈出一个结论。他们说，如果一定要拼个死活，那也该要跟工厂拼。工厂这些商人有议员做背景，那也要找出议员拼。总而言之，跑去南寮就不对。更不对的是，跟自己一样辛苦捞鱼苗的人拼命。有了这样的结论，对象看准了，路痕更清楚了。有关单位不敢爱理不理，至少也虚应了一下。

　　当县府的人会同警察单位和工厂的人，在文通他们提出抗议之后，做第二次取水样的时候，一群人发生争执。

　　"放毒水的时候叫你们来，你们不来。今天你来做什么？"文通带头说，"并且你们今天来了，我们又不知道。"

　　"少年的⑩，你说话差不多一点好吗？你以为我们要会同好几个单位那么简单？开玩笑！"县府的人说，

---

⑩ 少年的：闽南方言，称呼年轻的小伙子。

"来做第二次的取样,你该偷笑了!"

"偷笑?像你们这样偷鸡摸狗的取样,再来一百趟也一样!"大坑罟的青年阿进,气愤地说。

"什么偷鸡摸狗?我们是来干公事呢!"

"干公事?第一次取样的毒水,到了镇上,厂方请你们吃饭,你就把水倒了一大半加入自来水,这叫干公事……"

阿进还没完,对方就大声叫起来,而打断他的话。"你要为这句话负责!你一定要说明清楚。你说。"那个两手握着空塑料瓶的公务人员逼近他问,"你一定要说!"

"大家好好谈嘛……"警察插嘴相劝。

"你一定要说!不然你要负责。你的话大家都听到了……"

"说!说就说嘛,谁怕谁……"

"阿进!"文通一伙,阻止了阿进,不让他说出,是那一位在那家餐馆厨房里做助手的,大坑罟的少年提供的消息。"你怎么可以劈柴连柴砧也劈!"

其实那公务员一听到换水的事也叫他们知道的时候,心里慌张了起来,因此用拉大的声音,想压过对方。现在一看对方不敢说出谁说的,就用很是得理不饶人的气势逼人。

"你诽谤!你妨碍公务!我要告你!我一定要告你!"

"你,你去死好啦!你去告。"逼得阿进不回他一句,好像很没有面子。

结果,在旁的人做和事佬的,或是乘机训训人的,还有不甘示弱的,看不惯傲横的,多多少少都开腔说话。由于嘈杂加上海滩上的潮声,每个人的话都变得很大声,话里的意思也被夸大和扭曲。两边听起来都不是滋味,越不是滋味,话也就越偏离本题。

在激动的言辞冲激下,推推拉拉难免发生。

"我只要公事照章办理,快慢我不知道,毒死,那是你家的事!"

"你再说一遍试试看!"文通很生气地揪住对方的胸口。

几个人上前想拉开都拉不动。

"我知道你是海陆仔[11],我打不过你,现在又是在

---

[11] 海陆仔:台湾地区当地人对海军陆战队退伍军人的称呼。

海滩。你敢你就打吧！打吧！"

文通右手的拳头握得出汗，心里一直叫自己忍耐，他知道一开手，事情也会爆发。

他用怒眼瞪着对方。被揪住胸口半提上来的人，身躯是软的，嘴巴还逞强，而用不屑的口气激怒对方说："老实讲，我公事照章办理，快慢我管不着，毒死了，那是你家的事。怎么样？我说得够清楚了吧。"

文通举起拳头，阿进赶快抱住他的胳臂。

"文通！不行！"

"文通——文通——……"金足声声地叫喊声。

"金足婆来了。你放手。"

文通握着拳的胳臂是放松了，对方的嘴巴却反过来揪住文通的怒气不放地说：

"打啊，有种就打啊……"

金足边喊边跑进来了。

"文通——不能打人啊——"

"有种就打啊……"言下之意，叫文通觉得不打下去，就显得没种。

文通用力要挣脱阿进的紧抱。

"文通！不能打。"阿进似乎知道海陆仔落拳之后的严重后果。他害怕地叫着："会打死人的！"

"庄文通，你伤人我就抓你！"警察想拉开他们，但是没用。

"我怕咧！他不怕我们大坑罟人死，我还怕他死。"

"好啊！打死我好了。"

"你不要再说啦！"警察生气地叫起来。一边又对文通说："走走，统统到派出所来。走。"还是拉不动文通。

"警察也一样。不要碰我！我会连你一起丢到海里喂鱼！"文通狂起来了。

"打啊……"那个人脸都白了，身体也瘫软了，就是那一张嘴，还带着怯怕而表示不怕地说。

话都还没让他说清楚，阿进才想再用力抱牢文通的胳臂，这都来不及了。一记重拳，把对方的眼镜片碎碎地连着金边的镜框，一起嵌入左眼里去了。

自从庄文通因为重伤害和妨碍公务等数样罪，被判刑入狱之后，那一带又多了几家工厂，乌烟浓浓，污水长长。这村子里，实在待不住的人家，一个一个搬出去了。像庄阿尾和金足他们人丁少，生活负担少的人还留着。但是，也有不少的人，搬到外头没办法适应的，又搬了回来。总而言之，大坑罟的人口少了一大半。对选举的事，他们集体地患了冷感症。

四

金足和阿尾商讨的结果，决定顺文通的意思，不去龟山监狱，就留在家里等他回来。几天来，阿尾把厝前厝后的竹叶、杂草，还有篱笆、水沟都整理得整整齐齐。金足把屋里屋外打扫、洗刷得干干净净。所有他们认为为欢迎文通回来的工作，全都在盘算好的今天做好。早就炖烂了猪脚，它的酱油焦味和油香，从厨房溢到厅头。厅头神龛案头的香烛，还有悬在三界公炉后的一串香环的香气，也弥漫到厨房。

金足被一股喜气拥过来拥过去，该做的事都做了，闲下来，反而叫她在屋子里忙着踱来踱去，面对一段空白的时间感到难耐。

才从屋里走出去的阿尾，又走进来了。他的心情完全和金足一样。

"你香环是镇上北门仔那里买的?"见了尾仔走进厨房,金足怕没事地问。

"我不是告诉过你了吗?"

"我是说味道真香。"

"对啊。我刚才在竹围外面也闻到了。这下可把田头田尾,大坑罟的土地公都诱来了。"阿尾愉快地说。

"够了,够了。不够再买。"

"你怎么知道够不够?"

"你是说拜土地公?或是我们要吃的?"

"你怎么这么三八。土地公真的会吃你的?"他说着,又蹲在厨房门边,看罩在鸡笼子里的田车仔。

田车仔不但完全恢复健康,还顶有精神地在笼子里把头转来转去,急着想获得什么食物吃。

"这只鸟真是不知饱。"

"它能拉当然能吃。"金足也靠过来说,"你看地上拉的那一堆鸟粪。"

"去挑一小块猪脚皮来让它吃吃看。"

"连鸟你也要宠,等晚上文通回来吃的时候才让它吃一点。"

"晚上？"阿尾突然站起来，认真地说，"为什么晚上才回来？说今天出狱，应该一大早就出门。照理说应该到家了。现在几点？"

"大概……"金足在猜。

"刚才我在厅头看了一下，是三点二十分，现在应该是三点半。嗯？"

"那就快到家了。"

这时候，时间像是跟他们开着玩笑，不但偏不要为他们走快一点，干脆就停下来，看他们两个怎么办着。金足和阿尾焦灼得无言相对。竹围外一有什么动静，两人就往外看。盼了好几次，突然一个人影出现在竹围口，往里面走进来。"回来了！"他们两人不约而同地轻叫起来。正要高兴，那人唱起歌了。

"猪脚炖烂烂，爱吃的小鬼流口水……"

"谁啊？"在屋子里的阿尾，一边眯着眼看走近来的人，一边小声地问金足。

"好像是田婴吧。"她也没什么把握。但是来者多走近两步，金足看出来了。她大声地笑骂着："真夭寿，田婴仔。"

田婴一时感到莫名其妙，登上檐阶就问：

"没头没尾地说我夭寿是为什么?"

"你害我们空欢喜一场,我们以为文通回来了。"金足说。

"还没回来?我还以为回来了。要来吃猪脚面线呢。"

"有。都准备好了。"阿尾说。

"这孩子就是这么跟人家不一样。如果答应我们俩老去接他回来,我们也就不用等得心焦了。"

"等的人当然是这样。还没,晚一点就回来。"田婴说着就坐在屋檐下的地上,一边掏烟,一边又说,"有没有听到一个好消息?"

"我怎么知道你要说什么?"

"你是说我们家文通的事?"金足提高声音急切地问。

"文通要回来的好消息,你比我更清楚。我是说政府要把出水口沿岸,一直到我们稻田这一边,全部归入鸟类保护区。"

"这是干什么?什么好消息?"阿尾不了解田婴说的话是什么意思。金足也一样。

"就是说到了冬天,水鸭金翅仔、天鹅那些鸟飞来的时候,我们不能捉。"

"很少了,要抓都不容易。去年张了三张网,网到几只金翅仔也抵不过网子的钱。"阿尾说,"自从工厂设到这里来,溪水变毒水之后,什么鸟都不来了,还提什么水鸭。"

"现在不会了。候鸟保护区设立以后,工厂就不能排放毒水。这不是好消息?"

"有这样的事?"金足不容易相信地问。

"嗯——"田婴长叹了一下说,"在大坑罟这个地方,做一只鸟比做一个人有价值啊!"

阿尾睁大眼睛看着田婴,其实他吓了一跳,他想开口说的话,竟然一字不漏地叫田婴先说了出来。本来想说出这样的一个巧合,但是心一想,只是泄气地也跟着长叹一声。

"你是说那些鸟吃我们的稻子也不能抓?"金足疑惑地问。

"不能。在保护区里不能。我们的稻田,还有我们现在的住家,全都包括在里面了。"

"什么鸟都不能抓?"

"什么鸟都不能抓!"田婴回过头一指着鸡笼说,

"田车仔、钓鱼翁、白鹭……"

"麻雀也不能?"阿尾气愤地说。

"我不知道,最好不要碰它啰。"他看到两位老人家为他带的话焦虑的样子,赶快安慰着说,"你管他麻雀能不能抓,工厂从此就不放毒水,这不是很好?"

这样的话不但不能安慰他们,反而叫他们想到文通就是为了工厂放毒水坐牢好几年,再说该回来的时候,还没见到人影。他们转入沉默,田婴看到此刻他们不欢迎他的脸色,他知趣地说:"不用担心,晚一点就回来了。我有事先走了。"说着站起来拍屁股就走了。

"晚上来吃猪脚啊。"金足说。

"给我留一点。我会来。"

田婴走后,金足赶快跑到厅头,从案头抓六炷香点着。她侧头往厨房叫:

"尾仔。"

阿尾听到。没理。

"尾仔。"她更大声一点叫。

"什么事?"阿尾不高兴地应话。

"香给你点好了,过来拜拜。"

一听到要拜,阿尾平和地走过去,从金足的手上接过三炷香,和金足并排在案前,念念有词地拜起来。他看到观世音菩萨的画像,口里就念观世音菩萨,看到妈祖,看到土地公、灶君,口里就念。感觉上似乎诸神都向他露出微笑。他觉得心头一下子宽松了许多。他拜好了,金足还拜个不停。他好像听到金足跟神提到杀一头猪的事。他想,金足提的就是现在养在猪圈里的那三头吧。

一部机车骑进竹围来了。金足也顾不及拜拜,回头往外看。他们同时都看到骑近屋檐来的警员,两人又互相看了一下。

警员不慌不忙地架好车子,摘下安全帽,对他们两位笑着说:

"庄文通。"

两人愣了一下,不知要怎么回答。

"庄文通怎么样?"金足问。

"这一两天,有空的时候,请他到派出所找我。我叫谢雨生。说找'呷雨'就可以找到我。"

"但是……"金足看了一下阿尾,把话又吞进去。

"进来坐了。"阿尾说。

"庄文通在吗?"

"他还没回来。"

"是啊是啊,他还没回来。"金足希望一开始就这么说,她等不及尾仔才说完,她又重复地说。

"什么?他还没回来?"警察有点感到意外,"昨天就出狱了。"

"昨天?今天出狱啦,不是昨天。"阿尾说。他看着金足。

"是啊,是今天。"金足附和着。

警察翻开公文夹。

"我已经接到监狱的通知了。你看。"

他们两人虽然看不懂,至少知道警察说的没错。

"都是你在记日子,怎么记成今天?"阿尾责问金足。

"没错啊!二十五号,是今天啊。"

"今天二十六号。"警察说。

"今天二十六号?"

"那他没回来,会到哪里去?"阿尾焦急地问。

"我们也很想知道。这样好了,我回去挂电话查一查。你这边如果他回来了,就请他到派出所找我,找'呷雨'的。"

看着警察那么匆忙,并且表示那么要紧地离开,俩老的焦虑又加上了紧张了。

"昨天出狱?那他会到哪里去?"

"怎么办?我们的文通没回来。"金足带着欲哭的声音说。

"你日子是怎么记的!"

金足觉得这是很大的过失,她难过得有点害怕。她低着头不敢看尾仔。突然她想到,日子记错和文通回来不回来,并没有绝对的关系。于是她的声音也大起来了。

"都是你。叫你让我们去接他回来,你又怕小孩子不高兴。这和记错日子有什么关系?"

这时阿尾虽对她的任何话都感到厌烦,听不进耳,但是想了一下,要是他答应去龟山接文通回来就没事了。他才怪自己,心里一想,不对啊!然后他生气地说:

"没关系?要是我们今天去接文通,还不是没接到。还说没关系!"

金足最后还是觉得,记错日子是不对的。她低下头认错时,发现自己手上一直拿着刚才拜过的三炷香,没把它插到案上的香炉。她回到案桌前,就用手上拿的香,跪下来重新再拜一次。她口里念的,比刚才急切,阿尾一个字也没听清楚她在念些什么。

厅头的钟当当地响,阿尾侧头一看,是五点了。又回头看看外头,天还是很亮,但是,已有黄昏偏黄的淡淡色调。整个思路走入无尾的窄巷,只想到文通去哪里?是不是不回来?最后他踱来踱去,踱到鸡笼前蹲下来,发愣地看着田车仔。这种情形金足已经看惯了,只是不知道尾仔为什么对田车仔会这样发愣。她不敢问他,现在也不想知道。

目前极度焦灼不安的她,怕一个人在一个地方。她站在阿尾的背后。她也发愣了。所不同的是,竹围外有点动静,她还会转个头看看。阿尾就不然了。

一段死寂之中,阿尾不慌不忙地站起来,但那神情还是像心不在此。他把压在鸡笼子上的柴砧搬放下来,接着把笼子翻开。

"你要做什么?"金足惊讶地问。

阿尾像是没听到金足的话。

田车仔仍然站在原来笼子罩住的圈子里,不准备飞走。它似乎好奇地望了一下阿尾。阿尾轻轻抬脚赶它。

它只往后退了几步,又往里面走过来。

"你要放它啊?"金足想到尾仔把它当宝贝,现在怎么要放走它而傻了眼。

阿尾还是没听金足的话,看那样子,他根本就不以为有旁人在身边。他蹲下来。田车仔更靠近他。他很轻易地就把田车仔捧在手里。然后站起来,往外头跨出门槛,下了屋檐下的阶梯,走到晒谷场的中央。他停下来望着远远的天空,把田车仔轻轻地抛出去。田车仔顺着被抛出去的方向,就在它将要掉落的弧点上,展开翅膀,不偏不倚地往前昂首引颈地飞去。阿尾目送它离去。直到田车仔变成一个不像什么的小黑点,到看得见与看不见之间,阿尾从很深的凝望中,记起一件往事而叫他从发愣中醒过来。

当文通七岁那一年,也就是他两个哥哥和一个姐姐在州仔尾过渡船,和一些渡客溺死的那一年。阿尾改变过去对小孩子的暴躁,对文通特别溺爱。文通说他想要一只田车仔。过后不久,阿尾就想尽办法,捉了一只田车仔给他。文通很喜爱这只鸟。玩没几天,在一个早上,绳子一松,鸟飞掉了。他哭着要阿尾把鸟捉回来。那天早上,阿尾为了一头生头胎的母猪,整个晚上守在猪圈没睡。文通来拉着裤管，要他去追回田车仔。

"你这孩子眼瞎了，我在忙你没看见？"

"我不管。我要田车仔。"小孩哭着。

母猪难过地走来走去，羊水破了，小猪还不见出来。阿尾把一碗准备抹在手上以方便伸手到母猪子宫里去掏小猪的花生油，移到身边，对文通说："这碗火油给我打翻了，我就剥你的皮。"他又累又烦。

"我不管，我要田车仔。"文通紧紧抓牢他的裤管，拉着他不放。

"都死光了！"阿尾生气地叫着，"让小孩子到这里缠我！"

金足赶快跑过来，要把文通带开。但是小孩不但不听话，干脆坐在地上哭得更大声，把阿尾的裤管抓得更紧。

母猪一听人叫和吵闹，很受骚扰而显得十分不安。阿尾忍着不再叫，只用怒眼瞪金足。金足用点力要把小孩抱开，小孩踢脚把火油打翻而尖叫起来。阿尾用力抓住小孩的手，把他拉开了。同时小孩惨叫一声，胳臂脱臼了。阿尾看了这情形，放弃了母猪，抱着小孩去找师父医手。他除了对小孩感到万分歉疚，还答应一定捉一只田车仔给他。那一阵子尽了力也没捉到田车仔。后来小孩子忘了、不想要了，他也忘了。

阿尾突然记起这一段往事，整个人恢复清醒，他转过身子，看到金足站在门口对他傻眼时，他露出今天头一次的笑容说：

"你记得田车仔的事吗？"

"田车仔怎么样？"

阿尾自个摇摇头笑起来。就在这时候，有个人影像躲着什么闪入竹围里，当他们还没看清楚是谁，那人开口就叫：

"阿爸！"

"文通！"金足惊喜地叫起来。

阿尾看了一下文通，劈头就说：

"我捉到田车仔了！"

文通不了解他的意思。但是文通说：

"我看到你放了田车仔了。"

"你看到了？你怎么看到的？"

"我在前面榕树下看进来看到的。"

"你早就在那里？"

"我看到田婴，也看到警察，所以就等他们走才进来。"

"你早一点进来，我就不会把田车仔放走。"

金足含着眼泪,看看他们父子讲话,心里不停地念着"南无阿弥陀佛"。

原载一九八七年九月十二日至十五日《联合报·联合副刊》

九根手指头的故事

爷爷除了说了这个
断指的故事之外,
其他九根伤痕累累的手指头,
每一根也都有它的故事。

莲花是和爷爷住在山里长大的。她最喜欢爷爷抱她，家里也只有爷爷有时间抱她。

有一天莲花知道每一个人都有十根手指头的时候，她发现爷爷少了一根大拇指。莲花十分惊讶。没想到爷爷除了说了这个断指的故事之外，其他九根伤痕累累的手指头，每一根也都有它的故事。莲花她爱听故事的童年，这些手指头的故事，爷爷翻来翻去，不知讲了多少遍，讲到后来，那根断掉的大拇指，竟然跑到没有子女的老夫妻家投胎去了。

莲花慢慢长大，山里的年轻人，从山顶上像溜滑梯溜到平地，留下来的老年人也不多了。莲花很久很久没听爷爷说故事了，爷爷和山一样，不再说话。莲花十四岁那一年，有一位说普通话的腔调很怪的老兵，穿过屋子里面的两道铁门，走进莲花的小房间，莲花一眼就看到这位老人也少了一根大拇指。她不但没有看到陌生人进来时的怯怕，反而笑着说："哈，你和我爷爷一样，只有九根手指头。"老兵听了觉得好不自在。莲花一边脱她的衣服,一边说她的爷爷的事。"你等一下!"老兵说。莲花没听懂老兵的意思,很快地脱光了衣服,往靠墙的床躺下来,继续说爷爷的大拇指的故事。"那你的手指头是怎么断掉的?"她边说边拍着腾出来的床位。老兵站在那里愣了一下,惧惧地说:"我,我做你的爷爷好吗?"莲花一听,抓起床边的衣服遮住身体坐起来说:

"那你怎么可以跟我睡觉?"

"当,当然。我们不能。"

"那你会不会说手指头的故事?"

"我的手指头也有很多的故事。"

"真的!"莲花高兴了一下,又不安地说,"那你还是要给我钱才可以啊。"

"我给我给。现在就给你。你快把衣服穿起来。"

老兵常去找莲花讲手指头的故事,莲花也把老兵当着爷爷一样爱他。但是,有一次有一段不算短的时间,老兵没去找莲花说故事。等到有一天,辅导会[①]和

[①] 台湾地区的退除役官兵就业辅导委员会,简称辅导会。

另外几个老兵带着断指老兵的遗书来找莲花的时候，莲花已不在那里了。她也没回到山上。据说莲花又被转卖走了。

原载一九九八年五月二十一日《中国时报·人间副刊》

死去活来

"下一次,下一次我真的就走了。下一次。"她说了之后,尴尬地在脸上掠过一丝疲惫的笑容就不再说话了。

不是病。医院说，老树败根，没办法。他们知道，特别是乡下老人，不希望在外头过往。没时间了，还是快回家。就这样，送她来的救护车，又替老人家带半口气送回山上。

八十九岁的粉娘，在阳世的谢家，年岁算她最长，辈分也最高。她在家弥留了一天一夜，好像在等着亲人回来，并没像医院断得那么快。家人虽然没有全数到齐，大大小小四十八个人从各地赶回来了。这对他们来说，算难得。好多人已经好几年连大年大节，也都有理由不回来山上拜祖先了。这次，有的是顺便回来看看自己将要拥有的那一片山地。另外，海外的一时回不来，越洋电话也都联络了。

准备好的一堆麻衫孝服，上面还有好几件醒眼的红颜色。做祖了，四代人也可算作五代，是喜丧。难怪气氛有些不像，尽管跟她生活在一起的幺儿炎坤，和嫁出去的六个女儿是显得悲伤，但是都被多数人稀释掉了。

令人感到不那么阴气。大家难得碰面,他们聚在外头的樟树下聊天,年轻的走到竹围外看风景拍照。炎坤里里外外跑来跑去,拿东拿西招待远地回来的家人。他又回屋里探探老母亲。这一次,他撩开帘布,吓了一跳,粉娘向他叫肚子饿。大家惊奇地回到屋子里围着过来看粉娘。

粉娘要人扶她坐起来。她看到子子孙孙这么多人聚在身旁,心里好高兴。她忙问大家:"呷饱未①?"大家一听,感到意外地笑起来。大家当然高兴,不过还是有那么一点觉得莫名的好笑。

幺儿当场考她认人。"我,我是谁?"

"你呃,你愚坤谁不知道。"大家都哄堂大笑。他们继续考她。能叫出名字或是说出辈分关系时,马上就赢得掌声和笑声。但是有一半以上的人,尽管旁人提示她,说不上来就是说不上。有的曾孙辈被推到前面,见了粉娘就哭起来用普通话说:"我要回家。我不要在这里。"粉娘说:"伊在说什么?我怎么听不懂。"总而言之,她怪自己生太多,怪自己老了,记性不好。

---

① 呷饱未:闽南方言,意思是问人家吃饱了没有,是南方人常用的见面语。

当天开车的开车,搭镇上最后一班列车的,还有带着小孩子被山上蚊虫叮咬的抱怨,他们全走了。昨天,那一只为了尽职的老狗,对一批一批涌到这里而又喧哗的陌生人提出警告猛吠,而吓哭了几个小孩的结果,几次都挨了主人的棍子。谁知道他们是主人的至亲?它远远地躲到竹丛中,直到闻不出家里有异样的时候,它摇着尾巴回到家里来了。脑子里还是错乱未平,它抬眼注意主人。主人看着它,好像忘了昨天的事。主人把电视关了。山上的竹围人家,又与世隔绝了。

第二天清晨,天还未光②,才要光。粉娘身体虽然虚弱,需要扶篱扶壁帮她走动,可是神明公妈的香都烧好了。她坐在厅头的藤椅上,为她没有力气到厨房泡茶供神,感到有些遗憾。想到昨天的事——是不是昨天?她不敢确定,不过她确信,家人大大小小曾经都回到山上来。她心里还在兴奋,至少她是确确实实地做了这样的一场梦吧。她想。

炎坤在卧房看不到老母亲,一跨进大厅,着实地着了一惊。"姨仔!"他叫了一声凑近她。

---

② 光:闽南方言中,表示天还没亮。

"你快到灶脚③泡茶。神明公妈的香我都烧好了,就是欠清茶。我告诉神明公妈说,全家大小都回来了,请神明公妈保庇他们平安赚大钱,小孩子快快长大念大学。"

炎坤垫着板凳,把插在两只香炉插得歪斜的香扶直,一边说:"姨仔,你不要再爬高爬低了,香让我来烧就好了。"他看看八仙桌、红阁桌,很难相信虚弱的老母亲,竟然能够到香炉插香。

"我跟神明公妈说了,说全家大小统统回来了……"

"你刚刚说过了。"

"喔!"粉娘记不起来了。

炎坤去泡茶。粉娘两只手平放在藤椅的扶手上,舒舒服服地坐在那里,露出眯眯的笑脸,望着观音佛祖妈祖婆土地公群像的挂图。她望着此刻跟她生命一样的红点香火,在昏暗的厅堂,慢慢地引晕着小火光,释放檀香的香气充满屋内,接着随袅袅的烟缕飘向屋外,和蒙蒙亮的天光浑然一体。

---

③ 灶脚:闽南方言,厨房的意思。

不到两个礼拜的时间，粉娘又不省人事，急急地被送到医院。医院对上一次的回光能拖这么久，表示意外神奇。不过这一次医院又说，还是快点回去，恐怕时间来不及在家里过世。

粉娘又弥留在厅头。随救护车来的医师按她的脉搏，听听她的心跳，用手电筒看她的瞳孔。他说："快了。"

炎坤请人到幺女的高中学校，用机车把她接回来，要她打电话联络亲戚。大部分的亲戚都要求跟炎坤直接通话。

"会不会和上一次一样？"

"我做儿子的当然希望和上一次一样，但是这一次医生也说了，我也看了，大概天不从人愿吧。"炎坤说。对方言语支吾，炎坤又说："你是内孙，父亲又不在，你一定要回来。上次你们回来，老人家高兴得天天念着。"

几乎每一个要求跟炎坤通话的，都是类似这样的对答。而对方想表示实时回去有困难，又不好直说。结果，六个也算老女人的女儿辈都回来了，在世的三个儿子也回来，孙子辈的内孙外孙，没回来的较多，曾孙都被拿来当年幼,又被他们的母亲拿来当着需要照顾他们的理由,全都没回来了。

又隔了一天一夜,经过炎坤确认老母亲已经没脉搏和心跳之后,请道士来做功德。

但是锣鼓才要响起,道士发现粉娘的白布有半截滑到地上,尸体竟然侧卧。他叫炎坤来看。粉娘看到炎坤又叫肚子饿。他们赶快把拜死人的脚尾水、碗公、盛沙的香炉,还有冥纸、背后的道士坛统统都撤掉。在樟树下聊天的亲戚,少了也有十九人,他们回到屋里围着看粉娘。被扶坐起来的粉娘,缓慢地扫视了一圈,她从大家的脸上读到一些疑问。她向大家歉意地说:"真歹势④,又让你们白跑一趟。我真的去了。去到那里,碰到你们的查甫祖,他说这个月是鬼月,歹月,你来干什么?"粉娘为了要证实她去过阴府,又说,"我也碰到阿蕊婆,她说她屋漏得厉害,所以小孙子一生出来怎么不会不兔唇……"

围着她看的家人,都露出更疑惑的眼神。这使粉娘焦急了起来。她以发誓似的口吻说:

---

④ 歹势:闽南方言,指不好意思。

"下一次,下一次我真的就走了。下一次。"最后的一句"下一次"几乎听不见。她说了之后,尴尬地在脸上掠过一丝疲惫的笑容就不再说话了。

原载一九九八年六月二十六日《联合报·联合副刊》

银须上的春天

银须上缀了许多粉红色的小花,
由老人的走动,由微风的吹动,
有光影的闪动,
好像也带动了就近的风景生动
起来了。

今年的春天一直落雨。

这一段日子潮湿得很。几乎每天晚上睡觉盖被保暖的人，都变成烘焙棉被的人炭。

因为那湿冷又重的被子一盖上去，人自然就缩成一团。等到觉得暖和舒适，天正好也亮了。除此之外，村子里很多东西也都发霉。像接近地面的桌脚板凳脚，猪圈的梁柱都长了菇菌，像一把一把撑开的小伞。

村子里的住家，每一户都是农家，所以只要春耕不缺水，什么都好。谁还管他潮不潮、霉不霉。荣伯的老关节，从下雨的前一天就一路疼痛。家人要带他去看医生。他老人家怕花钱，硬说不用。还说太阳出来就会好。但是雨还是一直落个不停。他每天早晚到村口的小土地公庙的一趟路，也得撑伞一拐一拐，拐到那里去烧香。庙里的香早就点不着了，他老忘记他的下一次计划，要从家里带点得着的三炷香过去。老关节有时是不听使唤的，这一趟他就不能即刻回头再来。他人站在庙口,身子留在外边,把头和手伸进庙里点香。点不着。再点。点到打火机头的铁片烫到手才作罢。他撑着伞站在雨中,顺便也替腰身高的小土地公庙打伞。他等着。用感觉等着。等老关节告诉他可以走的时候,就准备回去拿香再来。老关节似乎很固执,连站都很勉强。荣伯只好举起右手,无所事事地看看被打火机烫到的大拇指。最近几年,村人都说他的长相越来越像土地公了。他很高兴,也以此为荣。雨仍然没停,他抬头看看天,心里嘀咕着说:落?再落罢。落这么久了,我就不相信你还能落多久。

没几天,太阳出来了。荣伯的老关节不痛了。他举手遮光眯眼瞄一下太阳,心里笑着嘀咕说:我就不相信你不出来。村子里的人,把家里的桌椅搬出来,让它四脚朝天吹吹风,晒晒阳光。当然棉被,还有一些衣服也都拿出来晾了。

同时,孩子们的天地又回来了。阳光一出来,好像没有不能去的地方。大孩子跑到城里街坊,有的去泡沫红茶店,捧村子里去那儿工作的女孩,有的去吃冰,去逛逛。办家家酒辈的小孩子,就在家附近的田野游戏。这种久雨后的阳光,没有人愿意待在屋子里。连鸡鸭猫狗都各找向阳的角落，晒晒阳光舒展筋骨。野花昆虫也不例外：粉红色的酢酱花，黄色的蒲公英，粉紫和白色的大和草花，等等，在一夜之间开满圳沟两岸，蜜蜂和白色的、黄色的小纹蝶纷飞其间，小孩子看了不玩也难。五六个小孩每人各摘一把粉红色的酢酱花准备到土地公庙旁的榕树下玩。他们似乎晚来了一步，树下已经有一位满脸白须的老公公，靠着树干斜躺在那里睡着了。小孩子原来不想打扰，但是听他打鼾的声音特别大，反而引起小孩子的好奇，而都围过来了。

"是谁的阿公？"

"没看过。大概不是我们这里的人。"

"对！不是我们这里的人。"

确定老公公不是这里的人之后，他们不但说话小声，还往后退了半步。

"他的脸好红，胡子好白噢！"

"鼻子最红。"

"皱纹比我家阿公还深。"

"看，耳朵好大。好奇怪。"这位小孩因为外祖母常夸他的耳朵大，有福气，所以他常注意别人的耳朵。

"他睡觉也在笑。好好玩。"

大家都笑起来了。

"嘘——"其中有一位小女孩提醒大家小声。原来围老公公的半圆,小孩子的脚已经近到无法再移前一寸,他们只能把头聚在一起。从后面看,老公公的上半身都被遮住了。

有一位小孩子突然想起来,说:

"我看过他!"

"在哪里?"

被问的孩子一时又说不上来。他说:"不止一次,好像常常看到他。"

"乱讲。"

"在、在……"那孩子努力地想着。他的感觉慢慢地感染到其他的小朋友,他们脸上的表情,并不再表示怀疑了。

"我、我也好像看过他。"有一个小孩也怕人家指责他乱讲,他有些担惊地说。

没想到最后有四个小孩也都这么觉得。

"他是不是很像土地公庙里的土地公?"另外一个小孩子也不是很有把握地说。

可是大家一听这个提示,都不约而同地惊叫起来。

"对！很像土地公。"

这一叫可把老人家吓了一跳。原来小孩子早就把他吵醒，只是为了不扫小孩子兴，他继续装睡，同时听听小孩子在讨论他也觉得蛮好玩。

小孩子这边，也知道他们叫得太大声，一定会把老人家吵醒过来，所以他们也吓了一跳，往后退了几步，停在那里观察。老人家为了要他们放心，他稍变换一下姿势，故意打起鼻雷，均匀地吐着气，而那银白的胡须就像棉花糖那样微微地颤动起来。

这一招真的叫小孩子放心了。小孩子小心地围拢过来，有人用最小的声音说：

"看！他就是土地公。"

大家也都这么认为，但是相信是如此、心里却是有点莫名地惊怕着那种神秘的什么。

"可是，可是土地公穿的是戏服啊。这个人穿的衣服和我家阿公的是一样。"

"对。土地公穿靴。他是赤脚啊。"

"我们去看看土地公在不在就知道啊。"有人建议去求证一番。

他们很高兴地跑步过去。快到小土地公庙时，大家却步伐慢下来，最后蹑足移动身体，到距离小庙大约五六步的地方，就没人敢再往前了。他们聚成一团你推我挤的，弯身向庙里瞄一瞄。因为有点逆光的关系，一下子看不大清楚。

"呀！真的不见了。"

"真的！"

后面的挤上来，前面的被挤得扑在地上。

"有！我看到了。"被挤倒的小孩兴奋地叫起来。本来要怪后面挤倒他的人，这下也忘了痛。"看！"

所有的小孩子都蹲下来换个角度看。他们正好看到小土地公的头像，背对着透天的通气孔。"看到了！在里面。"

这时候大家被某种神秘感，慑走的魂魄才又回到小孩子的身上。他们很快地挤到小庙前。

"我来看看像不像。"

小庙的庙门只能让一个大人探身进去，小孩子两个算是很勉强。有两位小孩子已经先探头进去看了。外面只听到两个在里面的头在对话。

"你看像不像？"

"是有点像，也有点不像。"

"那你觉得像不像？"

"不太像。"这一个说。

"不太像？"另一个提高声音问。

"有、有一点。"这一个没有信心似的，"不过现在又觉得很像。"

"好奇怪！"另一个有点泄气的，"你说很像时，我又觉得不大像。"

他们这样的对话，外头的小孩听了，更急着想看。

"快点——轮到我们看。"

那两个还没缩头出来之前，外面的小孩已经在争顺位了。

当大家都看完了之后，他们的结论都认为那老人家不是土地公。只是有点像和有点不像，是他们以前没见过的，不是村里的人。

他们又好奇地回到大树下老人家的身边。老人看小孩又回来，他马上打鼾装睡——他觉得小孩子很可爱很好玩，决定跟他们玩下去。小孩子们也这样觉得，觉得这位半生不熟的老人好可爱好好玩。他们小心地围过去。

"看，胡须那么白那么长，最像土地公的胡子啦。"这位孩子禁不住地弯下身,轻轻地摸它。他抚摸了几次,老人家还是装着酣睡的模样。一个小孩摸成功,接着一个一个小心翼翼地都摸过了。他们哧哧地笑着。

有一位手上还握有酢酱花的小孩,他灵机一动,试着把花结缀在胡须上。大家很欣赏他的想法,大家又争着要结花。他们的年纪才学会绑自己的鞋带,但是要把不同质料、把花梗和须毛结在一起是一件很不容易的事,何况笨手笨脚的年龄。另外这一边的老人家,如果他不是疼爱小孩子的可爱,这可是一场灾难。因为小孩已经被集体冒险同化,他们觉得紧张刺激而兴奋起来;冒险往往是不顾后果,不要命地玩耍。开始的时候,他们会注意胡须毛根的固定位子去将就它。本来要把花结上去就很难,又要将就位子,另外还没轮到的伙伴,在旁推推挤挤真是难上加难。最后忘了须毛连肉,结得紧张的小孩,总是会拽动须毛。轻的还可以忍一忍,重的话就得假装要醒过来动一下身体,小孩子就会罢手后退。老人家知道,只要他醒过来,这个游戏就结束了,对小孩扫兴,对自己嘛,膝下无孙,目前的情形何尝不是天伦?小孩子看到差一点醒过来的老人家又大声打鼻雷睡了。他们又围过来继续完成他们的创作——把粉红色的小花结缀在银亮的长须上。

在后头还没轮到手的小孩，一边看人家笨手笨脚地在结花，一边压着声音责骂人粗鲁，要人轻一点。同时他们也在注意老人家脸上的反应。

"你看！他哭了。"有一位小女孩拍着正在结花的小孩的肩膀害怕地说。

大家的目光都集注在老人家的脸上。真的，两颗晶莹的老泪珠，就嵌在两只眼睛的眼角和眼屎挤在一起微微颤动。所有的小孩子都愣住了，并且同时心里有些做错事的自责。

"不是在哭吧？他的脸在笑呢！"这个小孩多么希望这位陌生的老人家不是哭。真的，虽然胡须盖住了老人的嘴角往上扬的微笑，但是比先前更隆起的颧骨和就近的肌肉，那是连婴儿都看得懂的笑容。

看了这样的笑脸，小脸孔的紧张也不见了。咻咻忍俊不禁的笑声，此起彼落地爆开。当然，此刻的情景，此刻的一切，老人家都很清楚，清楚到好像达到了一种饱和，他那被内心的感动蒸馏出来的两颗眼泪，也被后头涌上来的挤得摇摇欲坠，就像两个小孩一人一边，做溜滑梯比赛时准备起跑的样子。就在这样的时候，小孩子们都看到了，看到原先嵌在眼角的两颗眼泪，同时从眼角沿着鼻子，翻过因为微笑而隆起的肌肉，再滑到鼻翼，停了一下下就钻进胡须的丛林里了。

小孩子惊讶地说："他是在哭。"

"他不是在哭。他在笑。"

老人的泪水在里面经过鼻腔的时候，有些已经急着要从鼻孔流出来。这可由不得老人家，他被呛了。他想忍住。但忍了忍，忍不住时呛起的喷嚏声就大了。小孩子吓得来不及跑，只好躲在大树的背后——其实大树没有办法挡住他们，他们就在那里挤，在那里小声叫。

老人家连连打了几声喷嚏，同时也觉得装睡装得太久不敢动，身体觉得有些僵硬疼痛。他知道小孩子就在树后，故意装着不知道，他站起身，伸伸懒腰，然后朝小土地公庙村口的方向走去。银须上缀了许多粉红色的小花，由老人的走动，由微风的吹动，有光影的闪动，好像也带动了就近的风景生动起来了。

小孩子偷偷看到老人那种愉快的模样，有一股莫名的感动醉了他们，使他们目送老人家远去的背影，变得有些模糊，恍惚间老人家的背影被小土地公庙挡了之后,像是一闪就不见了。小孩子都跑出来追过去看,在小土地公庙,在竹丛,油菜花田里面,回到大树,再到小土地公庙,这样来回地找都找不到老人的影子。

小孩子们不甘心,心里十分怅然,一个一个又探头到庙仔看看。那里当然不会有老人,不过大家都觉得土地公的脸上,除了平常的慈祥之外,眯笑的眼睛眯得更深,微笑的皱纹笑得更皱了。

荣伯远远地从村子里走过来了。他没有一拐一拐地走,因为老关节不痛了。他想来庙仔整理整理,换一束烧得着的香。

"你们又来收神明糕仔吃,是吗?"荣伯高兴地问小孩,和他们打招呼之后就探身到庙里做他的事。

小孩子不敢提起陌生老人的事。只想提醒荣伯多注意一下土地公到底有没有什么不一样。有一位小孩子说:

"荣叔公,你知道土地公为什么会笑呢?"

荣伯抽身出来,笑着对小孩子们说:"出太阳啊!"他看到小孩子们困惑的脸,以为他的答案不清楚,"我们的村子落了多久的雨啊!"他又探身到庙仔里。这一次他看到土地公神像前面的小石案上,掉了不少酢浆草粉红色的花，稍抬头，也看到土地公的胡须上，缀了一些花。他想，这一定是刚才那一群顽皮的小孩的杰作。他抽身出来，手里还拿了几朵小花，准备要向小孩子说几句的。一看，小孩子都不见了。他看看手上的小花，弯下身看看土地公，一阵风吹来，他感到满心的畅快。往村子那边的路上，传来那一个年纪最小的小孩子的哭叫声：

"哥哥——等我——"

荣伯掉转过头往村子里看，他摇摇头，笑起来了。

原载一九九八年七月十三日《联合报·联合副刊》

呷鬼的来了

他们时常为这些故事
在梦中惊叫,也在梦中微笑
我知道他们为什么惊叫
但我不知道他们为什么微笑

浊水溪

浊水溪
当我还没见过你之前
你就从阿公的嘴里流进我的耳朵
然而,好多个村庄
好多猪只和鸡鸭牛羊
好多叫天、叫孩子和叫救命的声音
好多人和水鬼
全都卡在我心底

浊水溪
我长大之后跨过你离乡远去
当我想起家乡,想起你
卡在心底的都醒过来
串成一串串的故事

从我口中流进

在异乡出生的孩子的耳朵里

他们时常为这些故事

在梦中惊叫,也在梦中微笑

我知道他们为什么惊叫

但我不知道他们为什么微笑

这一季梅雨,拖下来的尾巴,过了六月上旬还不见它收尾不打紧,连接上农历端午的节水,雨越落越粗大。

五六十公里长的北宜公路,特别是山区路段,在这阴湿晦暗的淫雨中,才活显出它的生命,显得诡秘多端。尤其是从风路嘴下来,一直到九弯十八拐的宜兰县境内;整条路段,不只是路躺在那里,让往来的车辆碾过来,碾过去的份。相反的,好像又有那么一点,是路熟练地玩着各种各样大小不同的车子,叫车子顺着它弯曲的胳臂,让车子滑过来,滑过去。要不是这样,每天怎么沿途都可以看到,几处失手造成的车祸现场,和死伤的人员。还有,为何尽管台北和宜兰两地的县政府,各在路旁竖立严禁沿途抛撒冥纸的警示牌,始终不见丝毫吓阻的作用。往来的卡车、野鸡车和民间的小轿车,每一趟路或多或少,总要花四五十块钱,买一些冥纸沿途抛撒,向冥冥中看不到的好兄弟买路献祭。

本来为了分摊北宜公路交通流量的滨海公路,在这长久的落雨天,陪中部山区的山崩和土石流,在水帘洞的路段,也发生了山岩大规模的崩塌。这么一来,北宜公路往来的车辆,不但恢复昔日的拥挤,出车祸率也再创新高,鬼话也随着连篇传诵。新店这一头银河洞的桥头,和礁溪金盈山脚下的另一端,两地的杂货铺子,他们把另设的冥纸摊位,紧挨着路旁招揽开车的过客。

买了冥纸的车子,沿途抛撒着,尤其是危险路段、锐角弯处、车祸现场、小土地公庙和有应公祠附近,抛撒得更多。这种情形,要是大晴天,就像成群结队数不清的黄蝴蝶,停息在路旁的草地上。一等到车辆切风刷过,成群的黄蝴蝶,就像受到惊扰般地纷纷飞舞起来。过往的车子经常是一部接一部,卷起来的旋风也是一阵接一阵,那迎风起起落落飘飘纷飞的冥纸,在光影间化成黄蝴蝶飞舞得更为生动栩栩。要是有一段路静,这些黄蝴蝶即停息在草地上,瞬息间又回到冥纸的原形,微微颤动着等待,下一阵旋风的来临。这一天仍然是雨天,抛撒下去的冥纸,大部分都贴牢在路面上,集多了就铺成一条醒目警戒的黄色景观。难怪曾经有洋人路过,误认为是哪一位搞观念艺术的艺术创作,而大加赞叹。

山路上的车辆本来就壅塞,然而又碰上不善爬坡的柴油大卡车阻在前头,后头的来车,一部接一部,把车队接得很长。大部分烧汽油的车,爆发力都很强,也可以不理双黄线违规超车,好摆脱阻塞的痛苦。但是,山路弯道连续不断,迎面下坡冲下来的车辆频繁。有人试了,拿它没办法就是没办法。长长接连下来的车阵,从半山腰往下看,竟然在另一座山的山脚下的来路,还看到车队的尾段。卡在车队的车子,听不到他们车子里面的怨声和诅咒。不过不少的车子,左轮一直压在双黄线,随时准备冲刺超车。

一部乘载了十一个人的福斯九人车,除了司机小羊是男的,其余的都是女性——其中有两位是来台北学中文的美国学生,剩下来的八个,连小羊的妹妹小象,都是小象的大学同学。整个卡在车队里的车子,他们就显得十分例外。他们的车子一点也不急,能动就动,不能动就停在那里也没关系。沿途有说有笑,偶尔也会传出惊叫。有两位外国妞,她们冥纸撒得比别人的车子还勤。他们也沿途数着车祸留下来的残车。他们已经数到七部。偏偏有一个人说是八部。最后大家同意是八部。因为这样才能显出北宜公路的神秘性,同时也增加了他们参与冒险的气氛。还有,他们还沿途念着钉在树上或电线杆上的标语"南无阿弥陀佛""南无地藏王菩萨"等。有时候他们也会看到"神爱世人"。第一次女孩子们也照念了。

"神爱世人不用念。"小羊阻止小姐们说,"这一趟路的老大公好兄弟,好像是道教或是佛教管的。多念阿弥陀佛就可以。"

"什么是老大公好兄弟?"有人问。

"在这条路上最好不要问,问了他们以为我们在找他。"小羊沿途就欺负这些只会念书赶时髦的都市小姐,同时也真的把她们吓得每一个的神经都绷得紧紧的,"他们是谁?他们啊,他们是鬼魂,孤魂野鬼,厉鬼。山路上的车祸变形的残车都是他们的雕塑杰作。不要不相信,前前后后的车子都在撒冥纸。为什么?给谁?用肚脐想也知道。看!"小姐们都惊叫起来。那两位撒冥纸的洋妞,什么都不知道。

"叫你们看前面的电线杆,又有'阿弥陀佛',你们鬼叫什么?"车子来到"南无阿弥陀佛"的前面。

"南无阿弥陀佛——"大家齐声念。

这部车子的里里外外这么忙,这么自得其乐,也就无所谓阻塞了。很显然的,今天这一趟路,要不是全车都是年轻的女孩子,还有更关键的是,小象的同学白珊也一道,不然小羊再怎么好客热忱也不会成行。因为这已经是三个礼拜来,借同一部车,走同样的路,到同样的地方,找同一个人,去听同样的一个故事而跑第三趟了。特别是这一趟,当时小羊又得再向二姐夫的公司借车子的事,连自己也觉得为难。二姐夫没说话,二姐叫嚷着:

"小羊啊!你有没有弄清楚?你二姐夫追我的时代,已经成为上古史了。那时候你揩他的油,要什么有什么。现在我已经是两个孩子的老妈子,不再新鲜了。你一再这样烦二姐夫,你不怕我被休了!"

"拜托了,别这样嘛。"小羊耍赖。

"有事不干,干吗老借车子往宜兰乡下跑?"二姐又向二姐夫说,"你公司的车子就是停在车库,等小羊来借的吗？"

二姐夫在一旁笑。

"最后一次。拜托！"

"上一次你也说最后一次，这次又……"

"这一次是真的了。不要再念了，比妈妈还啰唆。"

"你说什么？"二姐提高嗓子。

"好了，我说错了。拜托。拜托！"

小象解围说："二姐。这一次一定要帮小羊。明天我们的系花白珊也要去。"

"唷！谈恋爱了。不是说不结婚吗？"

"谁说谈恋爱就要结婚？"小羊本想这么说。但是不说好。二姐一向关心他的婚事。

不承认，不否认。这对二姐来说就是默认。

"不错嘛，白珊。"二姐这么一说，车子的事也就解决了。

车子走走停停，以往没什么耐心，爱超车的小羊，那人来疯兼爱现的个性，在小小车内的空间里面，被十个小姐无形地绞扭，他一边手排开车，一边说话还比手画脚，沿路似乎没有停过。其实除了他的个性如此，另方面他还担心冷场令人感到无聊。当他远远又看到树干上钉有标语的时候,他又提醒大家念"南无阿弥陀佛"一样,带头叫"三民主义"。有几个还傻傻地跟着念到"三民主义",才意识到受骗。

"少骗人。讨厌!"小象代大家骂他。

"谁教你们这么傻。"小羊本来还想讲一个笑话,但是车内没有一个人感兴趣。因而车内就有片刻的安静。小象也和小羊一样,怕冷场坏了气氛。

"小羊,还要多久到?"

"塞成这个样子,恐怕还要两个钟头吧。没关系,到坪林路宽,我们可以超车到前面甩掉卡车,那时候就快了。"

"这里面白珊还有好几个同学,她们都还没听过'呷鬼的来了',你说给她们听嘛。"

"对啊,再讲再讲。"连已经听过的人也表示希望再听。

"急什么,等一下就可以听到那个老人亲口讲的那种原味的。不要急不要急。"

"不要。现在就讲嘛。"车内的女孩在背后七嘴八舌地吵着。

"我说了你们不信,听鬼故事最好、最刺激的地方,就是发生鬼故事的地方。很多观光客到英国参观古堡,也要听古堡发生过的鬼故事。一样的道理,等一下我们就要在浊水溪畔的草寮里,借一根烛光,聚在那里听水鬼的亲戚的那一位老人,讲鬼故事。才过瘾呢。"

"真的?"有人害怕地问。

"真的!"小羊说。

"你说那老人是水鬼的亲戚?"

"我是形容他——谁晓得水鬼的亲戚是谁?"

"讨厌!小羊最爱骗人和吓人啦。"小象说。

"谁教你们那么容易受骗又那么胆小。其实你们也喜欢受骗。嘿嘿嘿。"

"不要脸——"小象捶了一下小羊的肩膀,"快讲故事。"

小羊看整车的人那么需要他,无法不暗爽地张着嘴没声音地笑着。小象以为小羊在坚持,希望她们直接去听老人家讲。

"那你说说你是怎么样认识这个说故事给你们听的老人嘛。"另外一个人说。

小羊觉得这个要求很合理,同时觉得能提出这样的要求的人,有点跟人不一样。

是谁?小羊从后视镜一看,是一位被挤得有一半出镜的,还记不起名字的女孩子,那样子有点羞涩。可见她的问题不只是为了好玩。小羊也认真地想回答这个问题。因而他有点严肃起来。其实,那一天的气氛,也有那么一点超现实感,现在都回到脑子里来了。

那一天由他带头,带了几个玩相机的同好,到宜兰乡下叫二万五仔的白鸰鸶城去拍白鹭鸶。到了那里,才知道二十年前白鹭鸶早就不知去向了,这件事还曾经上过报。面对一群朋友,这不叫扑空,而是孤陋寡闻吧。小羊有一组白鹭鸶鸟的作品,是父亲在他小学一二年级的时候,带他来这里拍的。为了要证明他没跑错地方,他在就近的老庙问老庙祝,问给一道来的朋友听。"这里是不是叫作白鸰鸶城仔?"

"是啊。你们找谁?"

"白鸰鸶。"

"白鸰鸶?"在老庙祝的印象中,好久没人提到这里的白鹭了。他除了觉得亲切之外,还觉得白鹭不见已久了,怎么会有一群人跑来这里问起。他笑起来了。

"这个时间应该都陆陆续续结队飞回来的时候

嘛。"小羊问。

"现在都没了。"老庙祝的笑脸不见了，声音有些怅然。他跨出庙门走到庙庭，回头看跟上来的小羊他们，指着山边的一座竹围说："就是那一座竹围仔。上万只的白鸽鸶一回来停栖在竹围仔，整座的竹围就变成白色。远远望过去，就像一座白色的城围，所以才叫作白鸽鸶城。"他沉默一下，"现在都没了。"

"为什么现在都没了？"有人问。

"是啊，现在都没了。"老庙祝凝望着远处的竹围，"为什么？有很多的说法。没有人真正知道为什么。但是跟闹鬼有关系。"

"怎么闹鬼的？"小羊急着问。

"唉！"老庙祝叹了一口气，"我们不要谈人家的私事。"他说完了，目光就盯在远处的竹围，用点力眯着眼睛愣在那里，好像忘了小羊他们。他身体虽没有动，眉头和嘴角的肌肉，却一会松一会紧地随着什么，而不是那么机械地动着。是的，他看到白鹭成群结队地回来了。

小羊他们被老庙祝的神情慑住了。他们小声地说："好棒啊！"

"用四百的底片,感光度值开一千六,光圈全开,回家我帮你冲片。快!"小羊说。

相机的快门声,此起彼落地响个不停。他们一边拍老庙祝,一边注意他的反应。但是老庙祝一点都没把他们放在心里。

他看到整座的竹围又变成白色的城围。但是没一下子,当夕阳射出金黄偏红的余晖时,白色的城围就变成火红。庙祝这次摇着头惊叹。首先他们都吓了一跳,把相机掖在后头装着没事。稍停片刻,看老人家仍然完全投入什么的那种神情,快门的声响又密集了一阵,他们越拍越放胆了。

"啊……哇哇哇……"老庙祝把双手握在胸前,眼睛仍然盯在远处的竹围,激动得连声惊叹大叫起来。

小羊他们又停下来,站在一旁观看。有人举右手用中指叠食指比着自己的太阳穴,同时头稍往左偏一下。看到的人都没出声音点头。

"火!"庙祝没特别为谁说,他在惊叹。他看到成千上万的白鹭,映着夕阳的红光,在不知受到什么惊扰,一下子纷纷腾空飞起来的样子,却变成熊熊的火焰,然后一只一只寻找枝头停息下来的白鹭,又变得像尚未烧尽的纸钱，被气流冲上天，然后又慢慢飘下来。而那规模是一座城围哪。老庙祝打了一阵冷战，身体抽缩了一下，他低头看看自己的胳臂，再用手交错地搓擦着。

"看！一提起白鸽鸶，就翻起鸡皮。"老人家根本就不知道自己的魂魄，刚刚才出了壳似的，还叫年轻人看他的鸡皮疙瘩。

"你刚才看到了什么吗？"小羊问。

"那暗头的日头一照过来，整个白鸽鸶城就着火了，远远看就像烧一大堆的冥纸蓬蓬飞。现在都没了。都没了。"老人又想到了什么说，"白鸽鸶不见了以后不久，深夜有人走过那里的时候，还会听到上万只的白鸽鸶，受到惊扰时，一起鼓动翅膀飞起来的声音，还会看到每一根竹枝被起飞时蹬跳而弹了一阵子的样子。"

"为什么？"

"白鸽鸶鬼啊。"他信誓旦旦地说。

"现在还这样吗？"

"现在连鬼也没了。"他的情绪一下子又低落下来，停一停又说，"现在什么都没了。"

老庙祝好像特别爱说"现在都没了"。一说到"现在都没了"的言语之间,有一份凄凉透人。因而在场的人都感染到一点若有所失的惆怅。

小羊本来就很会加油添醋,他约略把经过说了一下,车子里的气氛已经变得紧张易碎。这时候,只要有人打个喷嚏,或是什么东西掉下来的响声,恐怕连恶作剧想吓人的人,也都会被吓倒。在此时此地,如有人想恶作剧也只有小羊。但是他不敢开这种玩笑。可是有几个听得津津有味欲罢不能的女孩子,一直问小羊说,后来呢?后来呢?于是小羊脑筋翻了一下,暧昧地笑了笑,接着说了下去。

"有几位同事听我们说第二礼拜还要送照片去给老庙公和另外一位,就是说'呷鬼的来了'的故事给我们听的那一位石虎伯仔。他们说也要跟我们去。当天我们有十三个人,开了两部车到白鸰鸶城仔,结果找不到老庙,当然也找不到老庙祝。我们还以为跑错地方,还问了在田里工作的两个人,他们都不知道白鸰鸶城,问到第三个才证明我们没迷路。但是老庙却不是在这里。在马路的对面那一边,是一处只有五六门的小坟墓,那是上个星期没注意到的。当我们正觉得奇怪的时候,托比看到他上个礼拜装底片丢下来的柯达四百度黑白底片的盒子。那地方明明是庙庭，怎么会变成坟墓呢？当时我们来过的人心里都发毛，只是不敢说有鬼。跟着来的同事还以为我们跟他们耍猴子⋯⋯"

"你不是说替他拍了照片，还要拿照片给那一位庙祝吗？"有一位女孩子脸发白地问。

"当时我的同事也这样问，我就把照片给他们看，他们才相信。"小羊说，"对了，小象，我的背包里面有那一次拍的照片，你拿出来给大家看。"

这时有几个人害怕地叫着说，我不要看，我不要看。

"我不要拿。"小象也害怕地说。因为小羊住在外头，她住在学校宿舍，她没听小羊说过。

车子正好又被堵得停下来。小羊回头要小象把背包传给他。

"你们不想看看那位庙公长得什——么——样——吗——"小羊把话语的声调夸张了一下，然后再正经地说，"其实看一看没什么关系。这是十分难得的一张照片。那一天我们几个人拍的，结果全都报废掉，其中唯一的一张底片，看来有一点点影子，最后用特殊处理，才算洗出来这一张。这样的一张照片，你们还不想看吗？"

"我们不要看，你用说的就好。他长得什么样？"

"百闻不如一见啊，小姐——"

两个美国小姐，她们从头到尾都不太清楚大家在谈什么。鬼，她们知道，她们觉得好玩的成分比害怕多。照片，她们倒是很想看。

"好，拿出来给我们看好了。"洋妞用近乎全是第一声的普通话说，车里一路凝结的鬼气，却被它化解了不少。

当小羊从背包掏出一个牛皮纸袋时，有人叫不要，洋妞连声说好好。害得小羊禁不住地笑出破绽来了。

"小羊——你骗人！"小象叫起来，"你害我差些心脏病发作。"她玩笑地捶小羊。

"谁叫你那么胖。"

小象这下可不饶他，双手捶他，再用双手由后卡他脖子小闹一场。

"前面的车子开了。"后面的人叫。

后头的车子也按喇叭，这下小象才放手。小羊排了挡，启动了车子，还一边咳嗽一边笑着。他看到前头的树干上，又有"南无阿弥陀佛"的标语，他带起头来，却没有人愿意跟着念了。

"小羊，你真差！人家庙祝还没有死，你怎么可以这样诅咒人家。"小象批评小羊的玩笑。

"不过我说了你们绝对不会相信。我没有诅咒庙祝，我没诅咒他的意思。"他认真地说，"他死了。"

"呸呸呸！你怎么可以这么说？"

"上个礼拜我们带照片找他的时候才知道的。就是上个礼拜天，我们还到他家去给他上香。把那一天拍的照片也摆在他的灵桌前，让他欣赏。他们的家人也认为那些照片拍得很好看。"一路上来，小羊在这个时候显得特别正经，正经到有点不像。看他那个样子，还有车子里留下来的一点阴邪之气，大家不约而同地沉默起来。

没多久，两位洋妞从车窗外收回半个头，兴奋地说：

"冥纸都给完了。"

"什么？都撒光了？"小羊又回到原来的活泼，"后头还有一段路呢，怎么办？"他还回头看了一下洋妞，大家也随着把目光集中在她们两个的身上，害得她们只觉得好像犯了什么禁忌，而显得几分紧张。

"后面一段路才险恶哪，那里的好兄弟才不好惹，怎么办？"

小羊的话快，还有用词都不是开始学中文的洋妞所能接的。所以逼得洋妞用美国话说："我们做错了什么？"她们耸肩摊手，互相点头看了看。

小象看她们急成这个样子，同时也知道这只是开玩笑。为了省得麻烦，她也用美国话说："没事。只是开开玩笑。"然后在后头再慢慢向她们说明。但是事关民俗文化的问题，用我们的话说了她们听不懂，用美国话翻译嘛又没那么简单。因此一群大学生好像又找到新话题、新事情作为英文会话的功课，互问孤魂野鬼、阴间、纸钱冥纸、好兄弟等词汇，中文怎么讲，英文怎么说。大家你一句、我一句，还有说有笑的，就这样无形中小羊就被搁在驾驶座上，只顾开他的车子的份了。

沿路走走停停的车程，又要搭理一堆小象的同学，为了不冷场，还要表现他的活泼、幽默和机智让白珊欣赏，等等，这些让爱现的小羊，相当耗费精神和体力。难得有这么片段不用他关顾她们，竟然也觉得这是一种消极面的享受。他是觉得累，脑子里没法空。三个礼拜前的经验，零星片段在脑子里映现。

老庙祝的家人，当时看了照片之后，还怕小羊他们要钱，并且想象会索价很高。当小羊表示是特别来赠送给庙祝时，家人才露出笑容，频频赞美照片的技术。

"拍得很好看。很像，很像。"其实庙祝的儿子的意思是说人物的神情抓得很准。

"说也奇怪，我父亲已经病了一个多月了，差不多都躺在床上。那一天不知道为什么，他说要去庙里烧香，看看。家人说等他健康一点再带他去。没想到一个下午没注意，他竟然一个人能够跑到庙里，这才碰到你们。"

"我们碰到他的时候，他精神很好啊。就和照片里面的样子一样。"小羊回想起来，当时根本就看不出他儿子说的那样，说他在家躺了一个多月了。

"不过他回来之后，大部分时间都躺在床上，躺了六天才过往。那六天每天都在讲白鸰鸶城仔和白鸰鸶的事。现在跟你们对照起来，我才知道原来是这样的事。"

车子摆脱了卡车之后就没堵得那么厉害。到了宜兰县界的九弯十八拐，山路上的雨势变大了，跟那一天差不多。时间虽然才五点,天色已经开始昏暗。车厢里的小姐们的话题,把目的地和鬼抛得远远。她们好像谈到电影《铁达尼号》和李奥纳多[①]。小羊稍注意一下她们的话。她们谈的是那位教英诗的老师和某同学的八卦消息。小羊提醒她们说快到了,却没听到兴奋的反应。有人说要西西[②],有人叫肚子饿,就是没人关心车程到底到了没有。这和开头吵着要来,吵着要来浊水溪畔的草寮里,听老人家讲"呷鬼的来了"的鬼故事的那一股抵不过的劲,似乎全没了。说不定都忘了。小羊这样一想,突然感到十分落寞。好在他对沈石虎老先生那一份特别的感觉,仍然对他有吸引力。沿着九弯十八拐慢慢滑下去,石虎爷爷的人、声音、水鬼样样都涌上来了。

下弦月像一只患了结膜炎的红眼睛,毫无精神地斜挂在离地平线有一棵老樟树那么高的地方,爱理不理地看了一下,想涉溪回大洲捆猪的刣猪炎。四周除了湍急的溪流声、风声之外,隐约地夹杂着女孩子的哭声。刣猪炎寻声望去,三四十来步的地方,有一个人影

[①] 这里指电影《泰坦尼克号》以及男主演莱昂纳多·迪卡普里奥。
[②] 要西西:要上小便的戏称。

蹲在水边。他心生害怕。这地方正好是水鬼传闻最多，怕不会又是真的水鬼出现？他转头走开。哪知道那个人影，竟从后头追过来，哭着连声叫喊伯父。这更叫刣猪炎害怕，但听她的哭声可哀，回头看她的人也怪可怜见的——是一位十二三岁的小女孩。

"阿伯，求求你背我过溪，家母病危，要我拿药回家救她一命啊。天黑水急，我不敢一人涉溪过去。"

"你、你家哪里？"

"虹脚朱罗成的女儿。"

刣猪炎虽然心里仍有怀疑，但怕冤枉人家也不好。一口答应背她过溪。但是有一个条件，他希望用捆猪的绳索当作央巾③绑着背她。小女孩连声说谢，趴在刣猪炎的背上，让刣猪炎连着他的身体一块绑紧。

当刣猪炎背女孩涉溪，水到胸前时，小女孩提在手上的药包掉进水里了。小女孩惊叫：

"阿伯，我的药包掉了！快点替我捡起来！"

刣猪炎是看到一包东西掉下来，但是他心想，这不就是水鬼的伎俩吗？当我探身捡东西时，她就乘机压我

---

③ 央巾：闽南方言，指的是用来背小孩子在身后的背巾。

到水里。他不理药包流走,害怕地继续往前涉水。但背后的小女孩不停地叫嚷,一直变成惨叫,甚至于用力想挣脱绳绑,同时也用她的双手一会卡住刣猪炎的脖子,一会试着用压的想把他压到水里。

刣猪炎三步做一步拼,像一头受到惊吓的牛在水里起浪,直往岸上跑。一到岸上,背上的女孩子已不再挣扎了。

刣猪炎着了惯性似的止不住自己,直奔到家回头把门一闩,才解开绳索。他顺势将肩膀用点力偏斜一甩,卡啦一声,摔在地上的是一块棺材板……

小羊记得很深刻,七十多岁的沈石虎老先生,一边说一边带动作甩肩膀的神态,也被他们摄入镜头。令小羊他们感到奇怪的是,老庙祝也好,石虎伯仔也好,当他们说鬼说得入神的时候,一点也没有镜头意识,洗出来的照片,大部分都很传神。他们甚至于怀疑,拍出好照片,特别是生活照片,运气也是一个很重要的因素。至少老庙祝和沈石虎就是最好的例子。

看那老人家的头脸,就像一只泄了气,还破了一个黑洞,并且皱得很厉害而有些干缩变了形的皮球。黑洞上下不超过四颗的牙齿,像不受管训的征兵歪七歪八地站在那里，任凭刮猪炎、水鬼或早期的洪水和浮尸，在它一张一合之间，跑出来借着唯一的一点颤动不安的烛光，化成在老人背后蓁菅壁上的黑影阴森森晃动。

石虎伯仔说：

"刮猪炎一看是棺材板，惊了又再着一惊，拿起斧头就劈，劈成柴就往灶口送，烧成灰，心里还是怕，伸手抓一把灰放在碗里，倒满酒，一口就把它喝到肚子里去了……

"之后，每当刮猪炎要涉水过浊水溪的时候，只要他第一脚踩到水里，就听到很多人在水里奔跑的声音，还带着'呷鬼的来了——'的叫喊。但是第二年的某一天，当刮猪炎的家人有几天找不到他的时候，他的尸体在出海口茅仔寮尾的地方被发现，那时候，他全身爬满了螃蟹。"

小羊还记得石虎伯一说完，头一劈停了一下，那轻度白内障的眼睛，也都亮起来了。那时几个台北来的年轻人听了之后，有说不出的感动。他们除了用很棒、很过瘾来形容之外，不知谁说了很乡土来赞美老人家，赞美"呷鬼的来了"这个故事。他们都觉得这赞美很恰当，他们一直在说好乡土，很乡土，纯乡土。

"阿伯,你真乡土。"

石虎伯很不以为然,还觉得冤枉了,他对这些不速之客那么客气,为什么还批评他?

"我按怎④上土?"

小羊知道他误会了,他赶紧说明说:

"阿伯,你误会了,不是上土,是故乡的乡,本土的土,乡土啦。"

"喔——乡土。你没好好讲,我听作上土。是乡土,不是上土。"

大家嘻嘻哈哈一场。但是老人家心里还梗着:为什么说我是乡土。是褒奖呢?还是什么?照理应该褒奖才对。乡土又是什么意思的褒奖呢?老人家没再问下去。

"阿伯,后礼拜我们还要听你讲'呷鬼的来了'。"

他们你一句我一句,都提"呷鬼的来了"。

小羊的车停在兰阳大桥前的红灯。他高兴地叫起来:"呷鬼的来了!"

---

④ 按怎:闽南方言,怎么的意思。

他像叫醒了后面的女孩子。有人对不对头地问："在哪里？"

"过了兰阳大桥往右转再往右转就快到了。"小羊说。

"我还以为到了。还要那么久。"

雨势并没有减弱，天已经暗了，浊水溪两岸的农家，随着溪水的高涨不安。

说人人到，说鬼鬼到，难道说大水，大水就来？看着就要淹到瓜田的溪水，心里十分纳闷和焦虑的沈石虎，为了三个礼拜前一个骤雨的夜晚，对几个翻过堤防跑到草寮躲雨的年轻人，无意间聊起身边这一条浊水溪，说了早前做大水淹没村庄，淹死人和水鬼的话而反悔不已。不过他心里不服。那时候除了问年轻人台北有什么好玩之外，自己所能聊的，也只有浊水溪。谈浊水溪不谈大水和水鬼，又能说什么？当时要不是修轮胎的人来找他们，可能还会谈得更晚。

石虎伯沿着溪岸，从瓜田这一头走到那一头，心里嘀咕着说：雨再这样落下去，不要等溪水淹上来，西瓜已经不甜了。谁要？要是再落几天，西瓜裂开了，拿钱倒贴也没人要。

他回草寮，一进门吓了一跳。

"要吓人啊！不会吭一声。"

"阿妈等你呷饭。"

石虎伯心还跳得很厉害。

"大人大种⑤还那么傻，老子差点被你吓死。你还笑。"

这位患有小儿唐氏综合征长了一脸青春痘的外孙，他挨了骂还是不知道他做错了什么？他还是笑。

"你先回去，叫你阿妈先吃。"

"我不要。阿妈说你不回来，我就不能回来。"

"你为什么这么傻？去和来都不知道。"

当石虎和傻孙子逗着好玩的时候，在雨声中好像在堤防那边，有一群人齐声地叫喊着：石虎伯——

"你不要再笑，安静一下我听听看。"

他的孙子还是发出咽咽的笑声。

石虎伯走出草寮往堤防看，天虽暗堤防更黑，一群人站在堤防上，衬着天幕，一时看起来像是皮影戏的皮偶在动。

---

⑤ 大人大种：闽南方言，意思是长这么大了。

石虎伯——

"阿公,谁在叫你?"

首先石虎伯还弄不清楚,他想了一下,着了惊似的叫起来。

"惨了!呷鬼的来了!"

智障的孙子,觉得很好玩。他跑出来淋着雨,向堤防上的人影,大声叫着:

呷鬼的来了——

呷鬼的来了——

老天加了一把劲,雨越下越大了。

原载一九九八年十月八至十日《联合报·联合副刊》

最后一只凤鸟

老先生正好看到母亲坐在
梳妆台前梳头,
几根还没拢在一起的
白发银亮四散得像光芒。

闽南话有一句俗谚说：九月九，风吹满天哮。说起来押韵顺口，事实也正是如此。

重阳节的岁时，打前站的几阵东北季风，开始带来冬之将至，秋之将逝的讯息。冷空气扑着地面来，暖空气退避不及往上升，这正好一边把风筝飘浮上去，一边把风筝往前推，这么一来，风筝不但飞得高，装上竹篾和藤片重叠的含铃，吃起风来鸣叫不停——大的风筝叫得沉，小的风筝叫得尖，不大不小的风筝和声地叫。

冬山河上游的河岸，当地正举办为期三天的风筝节。海报上写的大字"争风不吃醋"。全省各地的好手，带来各种各样的风筝，赶走了天上的云，留下一片透蓝的天空，衬托半边天各展英姿，鸣叫得叫小孩子无心吃饭。

靠南边河岸竹围里的吴家，这天可热闹。他们吴家的惯例，不为祖先个别做忌辰的拜拜，而是每年统一在重阳的这一天，祭拜祖先。这一天在吴家看来，不比过年不隆重——在外成家立业的,出外乡工作的,统统都得回来祭拜祖先。每一年的重阳这一天,都会有一两个还不懂得爱钱的孙子辈和曾孙辈,回来拿阿公或是叫阿祖的红包。

中午提早拜好祖先,因为大厅和厨房容不下五席饭桌,只好摆了四桌让大人上桌,小孩子就盛饭夹些菜到底下,随他们爱到哪里去吃。吴新义吴老仙,看大家回来,高兴得没心吃饭,尽管儿子媳妇要他上桌一起吃饭,他还是用一个大盘子,装满骨头较少的土鸡肉,追着小孩子们,把白斩的鸡胸鸡腿,一块一块地塞到小孩子们的碗里。口里还念念有词地说:"土鸡肉最好吃了!常回来,阿公天天杀土鸡仔给你们吃。"哪知道这些只知道汉堡最好吃的小孩子,鸡肉只认识炸鸡,酱料的口味只认识西红柿酱、美乃滋和千岛酱。阿公夹的鸡块蘸的是黑黑的,叫什么豆油膏,听起来、看起来都叫小孩子不喜欢。大一点的小孩子,看老人家夹着肉冲着他来的时候,还跑给老人家追。年纪小的,当老人家把肉塞到碗里时,只好呼叫妈妈来解围。

"真憨啊,有土鸡仔肉给你们吃,你们竟然不懂得吃?"其实这几年来,从城里回来的小孩都是这样,但是老人家还是感到意外。他手里端的一大盘土鸡肉,没销出几块。

他有点不相信,端着盘子再巡回。小孩子却觉得好玩,像是在捉迷藏。

"提摩太,不要跑。还不给阿公说谢谢!"提摩太的妈妈叫住他。小孩子一脸不高兴。

没再拒绝的小孩,老人家连声称赞:"这样才对。真乖真乖。这样阿公才高兴。"

"他要叫你阿祖,不是叫阿公。"孩子的父亲说。

"我怎么会记得起来。叫我阿公阿祖都没有关系,有叫就好。来,不要跑。"

但是大一点的小孩,还是躲着老人家跑。

"吉米!海伦!不要再跑了。"小孩子的妈妈用小孩子在英文补习班的洋名字叫住他们。

其实刚刚有人叫提摩太也是洋名字,因为音节长了一点,老人家学不来,两个音节的倒好叫。"哪一只是煮面?哪一只是黑轮?[①]来。嘿嘿嘿。"当老人家叫小孩子的洋名字像在说闽南话时,大家都笑了,连老人家

[①] 吉米的读音与闽南方言的煮面相似,海伦的读音也与闽南方言的黑轮差不多。

也笑。接着吉米和海伦的碗里被搁上鸡肉，小孩子们又一起笑了起来。

"你们这些大人，小孩是怎么教的？不爱吃土鸡仔肉？想想你们以前，多么期盼年节拜拜，能分到一块鸡肉。你们都忘了？"老人家指着大儿子说，"阿水大概是七岁吧，有一次神明生拜拜请客，他站在饭桌边看人家吃饭。当他看到一位客人多夹了几次鸡肉，他就哭叫起来说：'那个人吃了三块鸡肉还要夹，我不管，鸡肉给人家吃了了②啦——'害那位客人怪不好意思。"

"后来怎么样？"有人问。

"后来怎么样？拖去后尾门仔修理啊，怎么样。"老人家说着还望着五十几岁的阿水笑。

已经当了外公的阿水，被说得脸红说："我都记不得了。"其他大人都笑起来。小孩子并不觉得好笑，还以为自己没听清楚，急着抓住自己的父母亲，想问个明白。有的大人虽然耐心地重述一遍伯公的故事，小孩子还是不觉得好笑，更不能体会那时代的辛酸。

外头风筝的鸣叫声，好像又叫得更热闹；小孩子

---

② 吃了了：闽南方言，吃完了的意思。

端着碗跑到晒谷场抬头一看,每一个都兴奋地叫。但是都叫不出名字。吴老先生告诉他们说:那是蜈蚣风筝。还告诉他们其他的。最后指着天空说:那是双印仔,旁边的叫八角仔,那个更大的叫七十二角风筝。老人家虽然一一指出风筝的名字,小孩子还是不懂,好像老人家给他们的答案,对小孩子永远是问题。小孩子缠着一直问,老人家觉得小孩子这样需要他,他也乐得很耐烦。

"阿爸——"阿水踏出正厅的门槛叫了几声,老先生还是没听见。屋子里面的几个大人,还阻止阿水叫他,把电话挂了不接就算了。阿水也有这个意思。但是当他决定不叫的时候,最后那一声却让他听见了。

吴新义回头往屋子里看。阿水的语气和大厅里面所有的大人都朝他的脸看,竟然都失去了方才的愉悦,而只觉得有异。"什么事?"连他的声音也紧张起来。他急急忙忙地走进屋子,大家的视线都没离开他。

吴老先生的大媳妇阿雀把拿着的电话筒的发话一端用手捂着。

"电话啦。"阿雀显然对电话的另一端不满。

"谁的电话?"老先生还没弄清楚。

"那一边的。"

"到底是谁?什么这边那边的。"

"花天房的大儿子啦!"

"他打电话给我做什么?"吴老先生走近电话。

"我也不知道,他说有急事。"

阿水有点生气地说:"说不在,不接他。"其他人也表示不接好。

"说不在是说不过去的。他们也知道今天我们都回来,老人家一定在家。"有人说。

"几百年不联络了,怎么突然间打电话来?"吴老先生脸色一变,变得惊慌地说,"会不会我母亲出了事?"他伸手要接电话。

阿雀没有把电话马上给他,说:

"不会了,你母亲也是他们的母亲,听他的口气不是这样的事。"说完就把电话递给吴老先生。外头的小孩子都跑进来要老人家跟他们一起看风筝。但是大人和满屋子紧张的气氛,把小孩子的兴致都压下来了。几个小一点的,大人警告他们说:"不要吵!安静。不安静等一下爷爷就不带你们去放风筝。"这么一说,一时也听不到小孩子的声音了。在厨房那两桌的人也都到厅头,全神注意听吴新义讲电话。

"我新义。什么事？"他看到所有的人的目光都集注在他身上，他把脸转向墙壁。

"你讲你是KUNIO KUNI是吗？"他叫对方的日本名字"国雄"，这个他同母异父的大弟。老先生又把脸转过来讲话，想让大家知道他和谁讲话。其实大家都知道是花天房那边的人，所以才显得很不愉快；本来都想建议老爸不接这个电话的，连年纪大的孙子们也有意见。因为吴新义的过去，子女他们都亲眼看过，他们未出生的过去，和孙子们一样，听吴老先生和老太太，或是邻居和亲戚朋友，说过不下百遍了。"一定没什么好事！"大厅里面的大人议论着，把嘀嘀咕咕的声音放低，很自然地怕对方听到的一种反应。

"……母亲想找我？"老先生的声音突然吊得很高，并且带点颤抖，"要来跟我住？"

在旁的人一听老人家的母亲要回来住，议论的声音就骚嚷起来，已经不顾虑对方听见，甚至于有的人就是故意放声要对方听清楚。

"那怎么行！老爸是被花天房硬赶出来的哪！"作为子女的阿水愤愤不平地说。年轻时家里的情形他都看过来了。

"阿爸——阿爸——"有一天早上,读高一的阿水到车站搭火车通学。他从台北来的下车旅客中,看到比人高出将近一个头的花天房时,他倒转过头匆匆忙忙地先跑回家,未进门就叫嚷着。大人在屋里听到小孩子这般惊叫,自己心里也着了慌,慌得有点莫名地生气叫骂出来。

"你是怎么回事?叫那么大声!"

"阿爸,花天房又来了,你紧走!"经阿水这么一说,家里一团忙乱,在餐桌上吃稀饭,准备上学去的一桌小孩,也没心吃饭,几个小的被勾起过去的经验吓哭了。

"紧走!跑到外头去。快,不要找皮带,裤子先用手挡一下。"吴太太说。

"不行,出去会被看到。我上楼栱躲到柴堆后面。"他一边说,一边把斜靠在墙壁上的梯子翻过来,梯子的顶端就跨在楼栱口。他急着爬上去,然后他一边很费劲地把梯子拉上去,底下太太帮忙往上推。梯子才收上去,外头逆着光,一个高大的黑影已经踏进门了。

"乂仔在哪里!给老子爬出来!"花天房目中无

人,如入无人之境。

新义的妻子金鱼,带一群孩子挡在门内,轻声哀求着说:"义仔透早③就出去了,拜托你不要再打他了,他不堪再打了……"

"无你们查某人的事!"他一边说,一边挤开新义一家大小,往里面走;走到房间,探头看床下;厨房、便所都去找。金鱼乘机会悄悄叫阿水快去找当过保正的邱堡先生。"你上学也来不及了,找到他你就直接去学校。"

花天房到里头找不到新义,坐在大厅跷起二郎腿说:"我才不相信碰不到他。"

金鱼冲一杯热茶,低声细气地请天房用茶,并说:"请你用茶慢慢等他。但是你们见了面,请你不要动不动就打他好不好,拜托你好心,不要打义仔啦。再说,他也是七个小孩的父亲啊。不要像过去那样打他。"她说完,泪也随着掉下来。

"我欢喜啦,怎样!"

"请用茶……"

---

③ 透早:闽南方言,大清早的意思。

"请用茶,请用茶,怎么?你是不是茶里下了毒,怕我不喝茶?"

"你!……"金鱼把话吞了进去。

"怎样?"花天房还咄咄逼人。

"你这款人……"金鱼说着,伸手要端走茶杯,天房很快地出手抓住她的手,这么一来热茶先烫到金鱼,金鱼自然的反应猛一抽手,整杯的茶就打翻在天房的裤裆。天房像练就一身轻功弹了起来,等他回到地面,一个大巴掌打在金鱼的左颊上,她叫了一声颠到一边倒了下来。

新义在楼栱上,本来连放个屁都要分成几十段的,听到金鱼尖叫又挨打的声音时,他叫起来了。"要打打我,不要动我的查某人。"说着在楼栱的梯口探头往下看,心里也急着想下来看金鱼。天房来到梯口底下,双手叉腰仰头破口大骂:"没包没种的东西,说你那七个小孩是你生的,鬼才相信。有种就下来!"

"你爱打就让你打啊。"

金鱼听到新义在搬动梯子准备下来的声音,赶紧爬上来,冲到梯口底下,哭着说:"义仔——你可不能下来啊,你后父这款人是无血无目屎。让他骂又不会痛,要是你下来的话,一定会被打死的……"

"这款人打死算了,留在世间现世做什么!你给老子下来!"

"义仔,你就听我的嘴,不能下来。"小孩子也都拥到母亲身边哭在一起。

"还没打死就哭。要做孝嘛等我将他打死再做还不慢。落来落来④,某子⑤都在为你做孝哭丧了。就下来让我打死你吧!"

"金鱼仔——你有要紧吗?"新义在楼栱上面很不安,也急着想下来,另一边又怕死了后父的拳脚。金鱼说没事,但左脸颊正觉得烧烫烫的。"那你肚子里的小孩有要紧吗?"新义又问。

天房拳脚不饶人,连嘴巴也恶毒:"你家金鱼肚子里的小孩,不用你烦恼!落来!"金鱼虽然劝新义挨骂不痛,不能下来让他打,但是当她听了天房这般侮辱,心里倒是想宁愿挨嘴巴,也不愿再听这种夭寿话。"义仔,我没关系,你千万不能下来啊。"

连几个较大一点的孩子,也都哭着叫父亲不要下

---
④ 落来:闽南方言,下来的意思。
⑤ 某子:闽南方言,指老婆和孩子。

来。这对新义来说,十分安慰。他知道他这样躲着,并没有让孩子们觉得他懦弱。

一高一下,新义不下来,天房一时也拿他没办法。他走到大厅想找个什么的,这时,四五家邻居的大人,十多个都走进来,用人群把天房隔在靠门口的一边。这样的情势,让天房退让了不少。但是他还说:"一家人,一家事,我花天房和吴新义的事,跟大家没关系,请你们都出去。"

"什么没关系?"这天碰到禁屠,满脸横肉的刣猪炎仔才有空过来,路见不平开口说话,"好厝边⑥,好过亲兄弟,你懂不懂?你这样做人甚过过分,做人家的后父,孩子不是你生的,打起来不知痛。十多年前,义仔搬到这里来,我刣猪炎仔就看你打人。今天我刣猪炎仔没出来讲几句话,我看我也不是人啦!"原来很紧张的气氛,经刣猪炎仔这么一说,大家都笑起来了。正义一边的力量也加大了。"还笑,我是说真的。我今天就是被打死,也要说话。"他说话时,还得意地回头看看临时变成的自己的兵马。

---

⑥ 好厝边:闽南方言,好邻居的意思。

刣猪炎嫂仔虽然没杀猪，夫妻两人二十多年来感情很好，所以他们不但长有一对夫妻脸，连身材也伯仲，声音也沙哑。丈夫的话才说完她马上搭上来说。"花先生，"不知是故意或是无心，她把姓氏的"花"字，讲成花朵的"花"字，那是有相关的意思了，难怪大家又笑起来，并觉得刣猪炎仔嫂比丈夫还凶悍。她意识到之后，捡声势之便，话也说得坚硬，"你刚才说要我们出去是吗？你有没有搞清楚。我们现在站的地方是吴新义的家，要赶我们你没资格。新义买这间房子，他的会⑦我们都有份呢。我们的会还在转，说难听一点，会还没停的话这间房子还是我们的。你知道不知道？"

也不知道什么时候，连花天房也没觉得他自己有些许的移动，他只是双手交叉抱胸，摆个仰头傲然不理的姿势站在那里。怎么一到刣猪炎嫂仔的话一讲完，他的人已经贴近门槛了。

这时阿水找来的邱堡也来了。他和花天房是小学高等科的同学。他一见到天房，开口就用日语说：

"天房，你喝了酒吗？"

---

⑦ 会是闽南地区、台湾地区的农村比较常见的一种融资方式，主要是指亲戚朋友之间集资的行为。

"没有。"邱堡的出现,天房的锐气没了。

"没有的话,不要做这种丢人的事。"

花天房紧紧抱胸的双手放下来了。邱堡一挤进门,天房像是碗边的水,一满就溢到门外去了。"怎么样?有时间的话,到我家去坐坐。"邱堡也跨过门槛邀他。

花天房礼也不回,径自往车站的方向走。房子里面的人纷纷走出走廊,指指点点故意说些话让天房听到。但他一次都没回头。

在大厅的人,一边听着吴老先生讲话,每个人随着电话中提到的,一些能引起他们经验的或听来的记忆,及时成为自己想说出来的话,而变得有点抢话说的混乱。有些嗓门大的,辈分大的,叙说能力强的,都能抢到片段的时间让他说话。但是因为人多,几个能抢到说话的人,不一会就成为三四簇人的中心人物了。

"如果真的我母亲想来依我,我接伊来是天经地义的事。但是,伊已经九十三了,如果是因为伊健康有很大的问题,你们想将伊糊给我……"老先生的口气缓和多了。

"不是,KUNI,你听我讲。你们五个兄弟也都是伊生的,伊饲你们长大,一直连你们的孩子,也是伊照顾。伊照顾你们两代人啊。当时，"他话又被对方打断，他急着要把话抢回来说，"KUNI，不是啊。你先听我讲完。当时，我思思念念就是要去看伊。你们任我怎么求都不答应。还说父亲在不方便。你听我说完嘛。父亲死了，我要去给母亲做八十大寿，你们五个兄弟也不肯。什么？误会？误会只有一次，怎么我每次要求见我的母亲你们都反对？更不该的是，伊要找我，你们也不肯……"

老人家的语气从抗议，到后来变成投诉。看他的眼眶也红起来，话也塞喉了。

"就是说嘛。"大厅的晚辈越谈越听越气愤。议论的分簇，被义愤拌成一体。"他们真不知见笑。那一次还说，世间若是没人，他们也不会来找我们。"

那一天是农历十二月十三日，天气很冷，雨又大。整个板桥的街仔，就像各种菇类菌伞的大花园，到处都是雨伞。吴新义和几个拨空的孩子，带媳妇和几个小孙子，还有一对一两六的金手环、寿桃、猪脚面线和红蛋，来给吴新义的母亲吴黄凤，做八十大寿。他想当然，为母亲祝寿哪有行不通的；本来想组一个四代的代表团来，但是几个曾孙都在外地。没想到，他们从宜兰到了板桥，淋了一身雨，膝盖以下都湿透了，到花家竟然吃了闭门羹。

"KUNI，"六十四岁的新义敲着门，恳求说，"我们大大小小已经在这里站了一个多小时了，你就让我们见伊一面，把生日礼物送给伊就好。你不愿跟我谈，就叫TAKA或是SHIGE，随便谁都好……"

里面不理不睬，原先从磨砂玻璃窗望去，还可以看到有人在看电视。现在电视也关了，厅头的灯也熄了。

"阿爸，我们有骨气一点，人家不欢迎，我们就回家吧。"阿水忍着气劝新义。

"是啊，我们回宜兰去。"

"你们说什么！"

新义生气地说："我的母亲八十岁的生日，我为什么要跟他们赌骨气不见我的母亲呢？伊是我亲生的母亲啊！是我亲生的母——亲——啊——"他没放声，但却伤心地哭起来了。子女媳妇，眼眶红的红，鼻酸的鼻酸，连手抱的小孙子也被这心酸的气氛感染得放声哭了。

"你们哪一个想回去的，就先走好了。我不怪你们。就留我一个好了。"

晚辈的没一个人敢先离开，倒不是新义教子严，是他们夫妻俩教子有一套。他们的身教是有名声的。老父亲思念母亲之情，是晚辈他们从小就耳闻祖母是怎么养育父亲，也目染父亲为了祖母在花家不受欺辱，做了多少的忍让和牺牲的。

"阿爸，你怎么这么说？你明明知道我们不会这样做。"阿水说，"天快暗了，回罗东的班车只剩下两班……"

新义一听，心急地跪在花家门前，猛敲打门板："我不管！你们花家如果不让我见我的老母亲一面，我要在这里跪到死。"

阿水他们想把新义扶起来。他不肯起来。花家过去，在当地因为有一点财富也算有点头脸，所以国雄为了面子，后来开了门出来，目的是要向纷纷围观过来的人解释。他对新义说：

"起来起来，我们受不起。虽然你我同母不同父，也算是我的大哥。起来起来。"

新义有点高兴，以为对方答应了，并且还承认他叫大哥。哪知道国雄话还没讲完。新义伸手想握住这位算是大弟的手,他把手移开,又把话接上去。"你免来这套,提篮假烧金[8]。你知道黄凤我的老母亲外家[9]那一头,因为丁绝,有一笔一甲多的土地在茅仔寮,由伊来承受,你就要来替伊做生日……"

"你到底是在讲什么……"

新义一时反应不过来,不过觉得全身的血液都涌到头上来。

"我讲什么?我讲你鲫鱼仔钓大代[10]啦!讲什么?"

阿水和阿雀扶着右手贴放在左胸垂头下来的父亲说:"阿爸,我们回去。"新义一句话都没说,随晚辈扶他到哪里,就到哪里去。外面的雨一直没停。他们才冒雨跨出去,花家的大儿子抛了一句话:"不要再来葛葛缠[11]啦!"接着"砰"一声关门声,重重地击醒了吴新义。吴新义一边过街,一边淋着雨喃喃不绝地说:

---

[8] 闽南方言的歇后语,烧金,烧纸钱的意思。整句话大意是提着篮子,假装有心烧纸钱给祖先,实际上是不安好心。
[9] 外家:闽南方言,指婆家
[10] 闽南方言的歇后语,闽南语中将鲤鱼读为"大代",用鲫鱼仔做饵钓鲤鱼,意思是投资小回报大,比喻居心不良。
[11] 葛葛缠:闽南方言,纠缠不清。

"我心肝真艰苦。我心肝……"

跟大人聚在厅头听吴老先生讲电话的小孩,一时叫他们能够安静气氛,已经失去效果了。他们一个一个开始浮躁起来,大人再说什么也不听了。有四五位年纪大的孙子辈的人,大人叫他们带所有的小孩,在屋檐下有阴影的地方,就可以看到在晒谷场上的天空飘扬的风筝。有人说要到河边去看。好几个大人都反对了。

这时候的风筝,数量和种类都比先前多了很多。并且大会的扩大器,一一介绍风筝的名称和创作者的声音,就在吴家的竹围内,即可听得很清楚。

"各位观众、各位观众,大家请特别注意,难得一见的一只大风筝就要升空了。请大家拍手鼓励鼓励——"靠近拿麦克风的女主持人身边,许多鼓掌的掌声,透过扩大器,像被抛入天空中的长串爆竹,噼里啪啦密密地响起。吴家的小孙子们,隔着竹围也响应外头,高兴地拍手。

"哇!"那个拿麦克风的女声,惊奇而高亢地叫起来,"飞起来了!飞起来了!好大!好奇妙的一只风筝啊!"这一次她没叫人鼓掌,但是这次的鼓掌声,比刚才的更热烈,像是一锅热到冒烧的油锅,滑入一条鱼进去炸那样,那连成一气的砂声,被放大在天空炸响。但是吴家的孙子们,还没看到那一只主持人惊叫奇妙并且叫飞起来的风筝,所以下不了手鼓掌。每个人都伸着脖子,想伸过竹围似的期待着。随着竹围外的掌声,一只风筝的头,在竹尾上浮浮沉沉,让这边的小孩子看不清是什么而焦急着。这时来了一阵风,风筝一跃就跃离竹围的绿色波涛升上天来了。外头的掌声才落,里面的掌声又起。"是一只大鸟!""是一只孔雀!"吴家的小孩子们正猜着。

"各位观众,你们现在看到的风筝,是难得一见的凤凰,凤鸟。一般的风筝,只要做得两边对称,大概就可以飞了上天。但是这一只凤鸟做出跳跃起来,正展翅,缩脚,拖尾帆的姿势,两边不对称,所以要做到能这样稳稳地飞上天,这是很不容易的事。"

乘着风筝吃风,放风筝的选手放线。这时看到风筝往后退,退到快坠下来,选手赶紧刹住线盘,往后一拉,风筝就往高空爬上去。

"大家注意!这只凤鸟的风筝,是最后放的,但是它飞得最高。现在我来给各位介绍这位国宝级的风筝师傅。他的大名叫作游祥瑞，今年七十四岁，淡水人……"听起来就知道主持人在念稿，"这一只凤凰，花了一个月的时间才完成，因为太专心操劳，现在，据说游老先生都害病在家未能来现场亲自操作。"主持人又感性地说，"嗯！听起来好感动，真希望游老先生早日康复。"操作凤凰的选手，大概又放一段线吧，凤凰又升高变小。主持人兴奋地叫起来，"游先生的凤凰风筝又升天了。"大概她觉得兴奋的语句太长了一点，显得没力配不上凤凰的成就，她简洁地又喊了一次，想振奋在场的观众，"看！游老先生的风筝升天啦！大家鼓掌——游老先生升天啦——"主持人自己用手拍打着拿麦克风的手，空中同时播散着拍棉被噗噗的声响，和就近的掌声。接着，有一个男人略带焦急又觉得好笑的声音，从远处接近麦克风叫："陈小姐、陈小姐，把麦克风关一下。"

"为什么？"

"把麦克风关一下。"这声音已经在主持人的身边。并且这位男士以为主持人关了开关。他说："你说做风筝的师傅游老先生做凤凰风筝做出病来，你刚才又说游老先生升天啦！这怎么可以？"

"啊!"主持人叫了一声"啊",像是捂着嘴,这情形都由扩大器播了出来。

吴家的大孙子听了,都笑起来了。小孙子们却不知他们笑什么。有一位大孙笑着往大厅闯,也不管里面的紧张气氛。他一踏进门还在笑,且一边说:"真好笑……"

他的父亲望他眼睛一瞪:

"人家在讲电话,不要吵。"

"人家要告诉你们一件很好笑的话……"

"等一下再说。"父亲抬起下巴,往外一指,小孩乖乖退出去了。吴老先生的语气越来越软化了,如果还有一些坚持,那是因为身边大大小小,都有形无形地表示不要听对方的话,跟他们再往来。

"现在不是我的问题而已。我的孩子、孙子,他们都大人了。我做的事,不能让他们被人笑。不是。你听我说。我这么说你还听不懂……听懂最好。"

"KUNI?"阿水问。吴老先生点头。"你跟他说,叫他有志气一点。过去他年轻时候,你是怎么照顾他们,他们长大了,又对你怎么样?"阿水的话,对方都听到了。

"是啊,是阿水。"老先生说,"你不能怪他们啊。你花家对我的事,他们都看到,甚至于他们也是被欺负在内……什么过去,我没有耶稣那么伟大,也没有妈祖婆那么慈悲。我是人。什么……是啊,你也是人,你是真匪类的人。"

"不要跟他说那么多了。"晚辈的觉得老人家已经掉进对方的圈套,"对方就怕我们不跟他谈,只要能谈,什么都在忍受。他们那五个兄弟,没有一个像样的。尤其是这个大的KUNI,说是去日本读大学,什么早稻田,在那里花天酒地。他们的花天房也被骗得团团转。"阿水越说越气。

"姓花的,你不叫他花天酒地,不然你能叫他什么?"老三的阿文终于开口说笑话了。

花国雄骗花天房说他在日本留学的第三年,有一个晚上,从来都没吵过架的新义夫妻俩拌嘴了,金鱼哭了一个晚上。新义也没有办法睡觉,在房间里面,压着声音嘀嘀咕咕。

"……再怎么坏也是我的弟弟,是同一个母亲生的啊。"就为了花国雄又从日本东京打给他的一份求救电报，新义一时筹不到钱，一边又要替国雄保密不让花天房知道，他恳求金鱼，把嫁妆和新义差不多每年都会送她的一些金戒指、项链、手环和耳环等，让他拿去变卖，准备去日本替国雄解决他还不清楚的事。"你就算是借给我好了，我一定会慢慢还你，还加利息。"

"你说什么话？好像我跟你计较什么。我是心里想，目前两个小的我们还不知道，前面这三个大的，特别是国雄，那是无底的深坑，再多的钱丢进去也填不满的。你这样做值得吗？"

"值不值得？我是没去想。我只想弟弟有难，我做大哥的就应尽力……"

"你哪一次不尽力？就因为你每次替他尽力，他才好款起来。花天房你也这么说，经过母亲的就是父[12]。你做中人代书，赚多少他就拿多少。你买地、买房子都过在花天房的名分上。他把土地一块一块地卖掉，房子也一样……"

外头的公鸡叫了，讲到这些话，金鱼才没哭，语气也带一点咬牙的劲。但新义听起来就像将要窒息，整个

---

[12] 经过母亲的就是父：闽南语的表达方式，意思是与母亲相好过，就是父辈的。

人就被捆绑得紧紧似的。他受不了,无法面对事实。

"你不要再说好吗?"新义有一点点恼怒。

金鱼一声不响,慢慢地下了床掀开床柜,不一下抱一只小木箱,轻轻地放在新义的前面。"全都在这里面。不过你拿去之前,让我把话说完……"

"你这什么意思?金鱼。"新义紧张地握住妻子的双手问,并在昏暗中凑近脸看着金鱼。

金鱼轻轻地笑起来说:"你不要乱想。你以为我要去死吗?不会的,我不是那么没责任的人,我还要看我们的孩子怎么长大呢。"

新义一时变得像小孩子一样,在金鱼的面前低下头掉起泪来。金鱼从新义的手中抽出双手,反过来把丈夫的双手合在一起握着。她轻轻地将额头压在他的头盖骨说:"我能嫁给你这款的人,是我前生世修来的福气。世间要找到像你这款人,可以说少之又少。但是好人做到底也是要有一个程度。你也知道,你后父花天房在树林那里,也养了一窝七八个头嘴;那里,这里,还有我们自己都是靠你这个吴新义。说你是三头六臂,但是现在开始你渐渐堪不起。蚕仔小的时候,几片桑叶就可以养它三四十仙⑬，等它长大要织茧之前，你摘桑叶千摘也来不及让它吃。同款，你义仔一个人这样下去，骨头也会被嚼了。天房打你，你就给钱……"

新义越听心越酸，不只泪水，鼻涕也淌下来。"我是希望他拿了钱，就不要打母亲。"

"这我都知道，特别是你的事，都会迁怒到老母的身上。"

"我们的母亲真可怜啊！"说着，新义泣成声来。

"好了好了，不要让小孩子听见。天打灰⑭了，你整晚没睡，躺下去睡一两小时。我要起来煮稀饭，小孩子要上学了。"

新义倒不是听金鱼的话，他躺下去用被蒙着头，在被里哭起来。金鱼拍拍被把一口气叹得长长的，长到几将气绝。

在外头看风筝的小孩子的笑声，兴奋鼓掌的喧闹声，像一股浪冲进大厅。

"爸爸——妈妈——快来看无敌铁金刚！"

---
⑬ 仙：闽南方言，这里做量词"条"的意思。
⑭ 天打灰：闽南方言，天色开始放亮了。

"快来看无敌铁金刚啦!"

有一位没听清楚的妈妈,怕小孩继续吵到里面,她跨出门槛,本来想告诉他们,说大厅现在有事情不能看电视。随小孩子的视线稍仰头,她也看到无敌铁金刚的风筝,左右摇摇摆摆地想努力爬升。

"各位观众……这个风筝不用我说小朋友也知道。"女主持人说,"对!就是无敌铁金刚。"从扩大器也听出靠近麦克风的大小观众兴奋地喊出答案。

但是这一只无敌铁金刚,不但看来笨重,实际上飞起来也相当吃力。从吴家的晒谷场望出去,它只能在竹围前一排竹子枝叶摆动的末梢地方,摇摆等待一阵强风来推它一把。不一会风是来了,无敌铁金刚是飞高了一点,但是它一左一右摇摆的距离拉得很大。先前的那一只凤鸟风筝高高地君临在其他风筝之上,它定定地停在天上不动,好像整个世界就以它为中心。

"各位观众:这一只无敌铁金刚的风筝,尽管小朋友替它加油,它还是很难飞上去。它实在太重了。根据无敌铁金刚的创作者方杰先生说,他绝不会让小朋友失望,他调整一下等一下就可以飞上天的。"主持人才说完,大家就看到无敌铁金刚收线,它在空中成瘫痪状地摇坠下来。

吴家的小孙子看到无敌铁金刚没飞成功，突然想到妈妈就跑进屋里来。有一个跑进来，同样年纪大小的也都跟着跑进来。大厅里面的气氛比刚才更凝重。

讲电话的阿公或阿祖怎么在难过呢？小孩子自然小声地问大人。大人暗示他们不要讲话。

"二三十年都有了，都没听伊讲要找我，这怎么会？"吴老先生半信半疑地问，"好啊，我电话不挂，你去请伊来听电话。"老先生还是把听筒贴在耳朵，他显得有点紧张和激动地面对大厅里的晚辈说："我母亲要来讲电话。三十多年了，自从我被赶出花家，花天房就不让我见伊，也禁止伊见我。我们连电话也没通过。伊好像答应天房不跟我联络。有一次他们还没搬到板桥，伊曾经透过一个卖菜的查某人，来跟我偷讲，说为了我好伊才不得已不跟我们联络。要不然……"

吴老先生以为那一端有人来接电话了，他激动地拿起话筒："喂！我义仔啦。喂！喂！"原来是他紧张。还没有人来接。

"慢慢讲，不要激动。"在场的年轻人说。

"我，我们三四十年没讲过话呢。"老先生的泪眼底下，绽开一朵微笑，"怎么那么久没来接电话？"

"你太过紧张了。你老母亲九十多岁了，从伊的房间走到客厅，也要一段时间啊。"

"九十三了，听说还很健康，听力差一点，讲话要大声才听得到。现在唯一的毛病就是近四五十年来的事，全都忘了，人呢，只记得我。还叫我小时候的名字戆义仔，伊向他们说伊要找戆义仔。"好像对方的电话有了动静，吴老先生把听筒再次牢牢地抓紧，提高声音说：

"喂！姨啊——我戆义仔了。"他整个神情又变回来，"……你不是说叫老母来听电话吗？"

大厅的人知道老人家叫错人，大家都笑起来。

"KUNI！你不可骗我。你大概忘记那一次在日本你在我的面前怎么说？"

那一次金鱼拿出她所有的金饰，让新义去日本解决国雄的难题。当新义见了国雄，才知道问题比想象的严重得多。国雄不但没上大学，还在一家小酒馆捧一位叫节子的小酒女。小酒女还怀了孕。

"国雄，三年来家里寄来的钱，除了你说学费、生活费等，你还多要的，我都偷偷寄给你。你就是这样花掉？"

"大哥，你千万不要让父亲知道。我们再花一点钱我可以弄到一张文凭，回到台湾我就可以赚钱了。"

"节子的问题怎么办？"

"这一件事有两个极端；要她打胎和解，需要一笔钱。不过她家是穷乡青森县的乡下人，好讲话，可以少花一点钱。另外，我打算娶她回台湾。娶一个日本人也和文凭一样，人家会尊敬我们的。"国雄还得意地笑着。

"你这个人真无耻！"

"大哥我知道我错了。你就帮我这次，一次。我永远永远记住你的恩情。你知道吗？我总觉得你更像一位父亲。"

"不要乱说话！"

吴新义回到家一算，国雄在那里欠的债，和需要解决的费用，算算竟然把金鱼的金饰全部卖了，还得卖掉一间房子。但是不动产的名分又是花天房的。为了这一件事，新义先斩后奏，卖掉宜兰北门的一间房子，才让国雄在日本多混一年，表示可以撑到大学四年毕业，节子堕了胎，再把她娶回来。当花天房查到这一笔房子的账，新义担起来，编一套谎言说做了新投资失败了。也因为如此，新义过去赚的钱和不动产，花天房照数吞了，人家没吭气不打紧，还动不动就打新义要这一间房子的钱；想要钱就来打人，搬到板桥也不忘坐火车来宜兰打人。零零星星也给了好几年，加起来也超过那房子的钱，他还是有借口打人要钱。

"阿爸，好了。不要再跟他讲了。"阿水看父亲被电话缠住，心里十分不舒服。老先生并没理他。

"大家说愚忠愚孝就是这种人。"已经在当老师的大孙明德说。

"他啊，一听到母亲，什么事都行，死也没关系。"

"我们体会不到的，老人家对母亲的那一份感情。他们是从饿死的边缘度过来的呢！"阿水最能体会父亲的心情。

外头看风筝的小孩又叫嚷起来。

"无敌铁金刚、无敌铁金刚……"

无敌铁金刚的风筝，这一次是较为顺利地飞上来了,但是样子有了改变——那就是头和两边的肩膀上面,总共多了三个大红气球飘浮着。

大会的广播又说话了。"各位观众,无敌铁金刚的风筝又上来了。这是方杰先生原来的设计。但是加了外力的气球,是违反比赛规则的。所以这次他算是参加,没有资格比赛。这完全是为了小朋友想看到无敌铁金刚,不叫他们失望,大会才通融的。我们还是谢谢大会,也谢谢方杰先生。"

鼓掌的声音零落。无敌铁金刚升是升上去了,还是摇摆不稳,左右距离拉得很大;就在这摇摆之间,肩膀上的气球爆了一只,无敌铁金刚在天上,马上往右边偏斜过去,去和凤鸟风筝绞线。

"请把无敌铁金刚拉开。"播音里说。

这时,无敌铁金刚风筝头上的气球又破了,只剩下左边肩上的气球,所以变得更不平衡而打起转来,这么一来凤鸟风筝的线,完全被缠住了。最后近邻的两三只风筝也遭了殃,一起被无敌铁金刚给卷在一块掉落下来了。

"啊!糟了!"扩大器里叫着,"唉!都掉入河里了。"

小孩子把它当着一件大事，跑进来叫："无敌铁金刚和凤鸟的风筝，还有别的风筝绞线，都掉进水里面了。"

　　"嘘——"坐在门口大人揽住了小孩子。

　　"我要妈妈。"小孩子想推开揽住他的手。他一边用力，一边稍微小声说。但这已经让全厅的人，很不愉快地回过脸看他。小孩子吓了一跳，反而更想挤进去找妈妈。

　　"吉米！"妈妈压低声音警告他，也是没有好脸色让他看。

　　"妈妈……"小孩子更慌张，没有办法把刚刚进门说的话、说得完整。"无敌铁金刚和风筝都掉下来了。在水里。"小孩经过坐在椅子的几个大人的关卡，最后钻进桌子底下，才爬到妈妈那里。妈妈要他不说话，吉米还是伸手要妈妈低下头把住妈妈脖子，贴近妈妈的耳朵，又把话说了一遍。这样他才静下来。

　　吴老先生的手在颤抖，有人搬椅子让他坐下来。"慢慢讲。"

　　"我想这次是真的啦。"他坐下来说，"我们三四十年没讲过话了。"

因为他的话一再重复,大家忍着笑,还是有人忍不住。

"真的,我,我们三四十年没讲过话了。"

这次大家带着感动笑了。

"你们安静!"老先生听到对方搁下来的电话,传过来KUNI和其他人的声音,叫那边的老人家慢慢来。那声音已经很近。吴新义坐不住。"来了,他们牵着伊来了,还叫伊慢慢。"他像是在做实况转播,"噢!不要讲话。喂!喂!我戆义仔啦!"他激动的,但一下子又缓下来,"KUNI,你不是把伊带来了吗?我听到了……好好,好好,你拿给伊听。"老人家又激动了。

"坐下来,慢慢讲。"大家劝道。

吴新义才坐下来,一下子就站起来,大腿把圆板凳往后一顶,板凳倒下来了。

"喂!姨啊,你姨啊,是吗?喂喂,你姨啊,是吗?我戆义仔啦……"老人家的眼睛又蓄了两颗泪水,回头向大家说,"我听到伊讲话,伊怎么没听到我讲话呢?"

"不要急,慢慢讲。你就直接叫伊,说你是戆义仔。不要问你是姨啊……"

"喂！KUNI，现在到底怎么样，为什么讲讲就没了……是啊，我听到伊的声音了。好，好。"老人家又对大厅的听众做说明说，"伊现在的事情，现在的东西都忘了。伊不知道可以对着电话通话。KUNI要替她拿电话。好，伊来了。我们三四十年没联络了。"

"坐下来讲。"大家又劝道。

吴老先生没有办法坐下来。

"喂！好。"他回KUNI话，准备跟母亲说话了，"姨啊，我戆义仔啦，你还记得吗？

"是啊，我戆义仔啊，在茅仔寮出世的啊。茅仔寮你还记得吗……

对对，茅仔寮……

"对啊，噢！你还记得那一年大水……是啊，厝都流了了了⑮……是啊，三餐都吃番薯和猪菜……哇，你还记那么多……"

吴老先生一边笑，一边流着眼泪。

"……你不知道你现在在哪里？你现在住在板桥KUNI那里啊……

---

⑮ 厝都流了了了：闽南方言，意思是房子都被大水冲走了。

你不认得他们……

"我现在在哪里?我在冬瓜山……

"……我是谁?我是你的大儿子懋义仔你忘了……是啊,我是懋义仔啊。有一回我哭着不吃番薯,把番薯丢到地上,你打我,我哭你也哭……记得啊,怎么会忘……

"你不知道你现在在哪里……好啊好啊,我去带你回来……

"什么时候?我晚上就到……会,我知道路,我会去……

"……不用了,不用坐渡船了。现在都不一样了,苏懋槌那位撑渡伯仔过身⑯了……

"我跟你说过了啊,我是你的大儿子懋义仔……我在听,你讲……

"不会,不会向别人说……

"我怎么会不知道我的亲生父亲……他叫吴全……知道啊,泻肚子死的啊……

"……被毒死的……花天房……"

---

⑯ 过身:闽南方言,去世的意思。

"喂喂！喂喂！"电话突然听不到老母亲的声音。老先生一直叫"喂"，电话终于通了。

"喂！是KUNI你呀，我母亲呢……头壳[17]坏了！乱讲话……但是过去的事记得很清楚啊……这样好了，你不是要我带伊来和我住吗？我等一下就去板桥。这里有人载我过去，大概未晚[18]就到……你会在家等我吗……好的，好的。有事情随时联络。好了好了好了，我知道。"吴老先生搁下电话，激动地说：

"没想到这一辈子还有机会跟母亲见面。我们三四十年没见过面了。三四十年了，你们说有多长啊。"

"阿爸，你真的要把阿嬷带回来跟你住吗？"阿水有些顾虑。

"你们说呢？"吴老先生反过来问大家。看看没人能回答这问题时，他说，"我知道你们很难做决定。对我来说，这个问题很简单——我是伊的儿子，伊说要回来跟我住，我只有说好。并且你们再想想看，伊现在不知道伊自己是住在谁家，在哪里？所以找到我，一心想

---

[17] 头壳：闽南方言，脑袋瓜。
[18] 未晚：闽南方言，天色未黑之前。

回来。我想麻烦一定有,可是谁叫我是伊的孝子?"

"其实我们也不是反对。如果照顾母亲也是子女的责任,他们花家不应该在这个时候才把阿祖送回来给你照顾。说难听一点,你也欠人照顾。"当老师的明德说。

"没有问题,走一步算一步。往好处看,我们吴家是大团圆哪。今天重阳节我们拜祖先,吴家的祖先都回来了。你们大大小小也差不多都回来了。我的母亲,你们的阿嬷也好,阿祖、阿太也好,今天都联络上了。这不是大团圆?"吴老先生显得很愉快,"我们吴家的祖公仔,还有我的牵手你们的阿妈有灵,才会在今天把我们凑在一起。"

孙子辈的看法可不一样,但是看吴老先生能达到他的悲愿,也就不再跟他老人家谈以后诸种现实问题。

明德自愿载祖父去板桥会阿祖。他分析阿祖这种后半生遗忘症,是一种自我强迫性的,也是逃避型的遗忘症。他认为吴黄凤带着与吴全生的孩子吴新义改嫁给花天房,是为了孩子不要再天天吃番薯过日子,哪知道贫困的问题解决,换来儿子到花家之后,变成做牛做马替人工作还受虐待,做母亲的又不能为儿子改变丝毫的苦楚,她自身也难保。其实,花天房当时只是为了吴黄凤的姿色娶她的。

"真的,伊少年时长得很像穿破衫的仙女。到后来老了,也一样长得像仙姑。"老先生想起母亲的模样,骄傲地说。

"仙女漂亮,仙姑也漂亮?"有人故意打趣问。大家都笑起来了。

"这是做个比喻,不信伊现在九十三岁了,我相信伊还是很好看的,绝不输别人。"

吴老先生这么说,脑子里很快地掠过一束记忆,那是他被花天房赶出家门的那一年春天。花天房在树林养一位叫乌肉的女人,被母亲知道。母亲当时只问他有没有这一回事,就被花天房揪在地上踢打,新义去护母亲也被打。因为护母亲,勇气也大,新义说:

"我母亲哪一点让你嫌!讲乖,家里哪一件事不是伊做。讲漂亮绝不输别人!"

本来盛怒的天房听了新义这么说,竟然笑起来。他说:

"漂亮什么用,一块像棺材板……"

黄凤从地上很快地站起来，跑到后头去。

"怎么？不敢听是吗？人家乌肉在床上，什么话也敢说，什么事也敢做。嘿嘿嘿。"他看愣在那里的新义说，"你还年轻不懂。像你母亲这种查某人，去吃菜做尼姑最适当。"

吴老先生刚才那愉快的神色没了。

"阿爸，刚才你讲电话，跟你母亲讲的那一段，好像说花天房毒死吴全，到底有没有这回事？"阿水问。

"这是很严重的事，但是你阿嬷头壳有问题了，伊讲的话会准吗？"他沉默了一下。

"我想伊头壳脑筋有问题。"

"不是说伊忘记的是后半世，早前都记得很清楚吗？"阿雀问。

"是啊。那么你们现在叫我怎么样好呢？"大家没回答，老先生又说，"怎么样才好？花天房早就死了，骨头也可以拿来打鼓了，我们又能怎么样？"

"我们没有别的意思。是刚才有这样提起，只是问一问而已。"阿雀做了解释。

吴老先生也明白晚辈并没有要他去为生父追究刑责

之类的事。

电话铃又响了。老先生离电话最近。电话只响一声,他就拿起电话:

"喂!我是……"

他听对方的话一直点头和说"是是""好好"。大概有一两分钟,才轮到他说:"明天,上午比较好。就这样,好好。"他放下电话向大家说,是KUNI的电话。

"KUNI说母亲跟我通了电话后,哭了,说很久很久没看伊哭过,现在去睡觉了。KUNI现在建议我们,说不要今晚去,太晚老人家睡觉,不方便,叫我们明天上午去接伊。这样他们也可以做些准备。这样明德还可以载我吗?"

"可以啊,周休二日。"

第二天天气很好,秋高气爽,天空蔚蓝,才九点,大会的人员都还没到场,风筝就满天鸣叫了。昨天掉入河里的无敌铁金刚又出现了,今天就显得轻巧多了,高高稳稳地挂在天空,最引人注目。明德的小孩要爸爸摇下车窗,让他探头出去看个清楚。

"啊!那个无敌铁金刚修改过了,它的无敌剑不见了。"他转头寻找,"噫!昨天那一只很漂亮的凤鸟不见了!"

"好了好了,把头缩进来,车子要上公路了。"

"明德,我们大概几点会到?"老先生问,手里还一边在装红包。

"十二点就可以到。"

"这就不好意思,人家正在吃饭。"

"不会啦。他们知道我们会去,他们会有准备的。"

正如明德说的,十二点多一点他们到了花家。花家KUNI一改过去,对吴老先生他们很客气。吴新义一进门就要找母亲。

"先喝茶休息一下,我们一起吃饭。"国雄看大哥不放心,"伊在后尾间,刚刚才进去休息,我带你去看。"

明德和小孩留在客厅,吴老先生随国雄走到里面房间,门没关,一块旧门帘遮住。

国雄小声地说:"你还记得这一块门帘吗?"

"记得啊,绣有鸳鸯水鸭一双,还有四个字'琴瑟和鸣'。"

"现在是靠这一块门帘布和里面的一只旧尿桶,证明这是她的家。每次吵着要回家,我们就指这两样东西让伊认。不过现在不行,伊还是吵着要回去茅仔寮,说那里有丝瓜棚。伊都忘了。"说着悄悄把门帘撩开一个缝,让吴老先生看看里面。老先生正好看到母亲坐在梳妆台前梳头。几根还没拢在一起的白发银亮四散得像光芒。吴老先生干脆把门帘撩开,轻轻地叫:"姨啊!"叫了三声都没回应。

"耳朵很重。"

吴新义走近去,站在吴黄凤的正背后,他看到母亲的背,也看老母亲的正面。正好他昨天向家里的人说的,他相信伊一定还很好看。

"姨啊!"

她还是没听到,不过她从镜子里看吴老先生。她还对他笑。然后一边转身一边说:

"这间旅社窗户都不关,你看,常常有一好漂亮的查某团仔对我笑。"

当她完全转过身来的时候,老先生马上跪在她的跟前大声叫:"姨啊,我蛮义仔啦!"他激动地哭起来。但是她马上把老儿子放在她膝盖上的手推开,带着训示的口气说：

"做查甫人要有志气，不能半路认母亲。"

"我戆义仔。"

"什么？"她问，"大声一点。"

"卡桑。"国雄说，"他就是大哥新义仔，你记得啊。"

"我就是戆义仔，你的儿子。"他站起来靠近她的耳边说。

"我怎么会不知道我的儿子长得什么样！我的戆义仔没你这么老。"

"我昨日在电话里跟你说过，你说你要回家。我就是来带你回家啊。我是戆义仔——"

"我知道戆义仔要来带我回家。是他叫你来是吗？"

"我就是赣义仔，要来带你回去的。"

"不行，不行。我不能随便跟人走。以前我跟一个叫花天房走，害我心肝艰苦一世人。我才不要那么傻了。嘻嘻。"她笑了。

"卡桑。来吃饭。"国雄说。

吴老先生忍着不激动在一旁，但是泪流不停。

"现在的人真好。我又不认识他们。他们让我吃，让我住，都不用钱。还对我很客气。现在的人比过去的好。"她回转头往梳妆台看了一眼，"你们看，窗户外面的查某囝仔又在看我。"她顺手在桌面抓起一两串花家小孙子们玩的塑料项链说，"他们这一家旅社的客人真不仔细。看！这么贵重的珍珠玛瑙，乱丢在地上。敢没人回来找？"

吴老先生想了一下，想试探老母亲的记忆。他大声地说：

"戆义仔说，他小时候吃番薯吃到怕。三餐看番薯就哭。"

"有啊。有什么办法。去大伯那里借过啊，那时候茅仔寮，哪一家不吃番薯的。是我们母子命比人差，三餐都吃番薯，吃了好几年。一枝草一点露，我们也没被饿死。"

"来！来去吃饭。"国雄想牵她。她不要。

"我还不饿。你们先呷。紧去，紧去。这是查某人房间，查甫人不可以进来太久。紧出去，不要让人讲话。"

难过中的吴老先生也觉得好笑。

"叫不动的,除非伊想要。我们先去吃饭再说。"

"姨啊,我们先去吃饭。"

"紧去紧去。"

国雄带大哥到餐厅,在甬道时新义对国雄说:"KUNI,你把母亲照顾得很好。谢谢你,辛苦了。"

"应该的,应该的。"

"以前你回来和节子开了一家酒家,后来还听说酒家收了,开一家撞球店……"

"不瞒你说,后来撞球也赔了,就改乒乓店。"他们已来到饭桌前站在那里想把话讲完,"后来好在我的第二女儿嫁给马来西亚的一个华侨,他们做木材生意,做得很大。今天我的生活都靠女儿了。坐坐,坐下来吃饭。我去前面叫他们来吃饭。"

吴老先生坐下来说:"明德是我的大孙,阿水仔的,现在当老师。小的是我的曾孙。今天就是带他们来,要给老母亲看看。"

"好,我去叫他们。"

节子从厨房又端出一碗汤来。吴新义不知道节子的闽南话已经说得很好。他用日本的敬语跟节子招呼。

"是啊,好久不见。我变很多了。"节子是用闽南话回答他。两个人都笑起来了。

"真辛苦你了。你照顾我母亲照顾得很好,一定让你劳烦多多。"

"不会啦。伊老人家从年轻时就爱干净,除了自己的事,家里伊能做的都会帮忙。只是最近很快地忘了很多事情,连我们伊也都认不得了。"

明德和小孩都进来了。吴黄凤也来到饭厅,她是要到客厅看电视。

"姨啊,来吃饭。"

"我要去前面看电影。你们吃,你们吃。"她一手扶着墙壁继续往前走。吴新义本来想介绍她的孙子辈让她高兴。但一想到她连她自己的儿子都认不得了,就没介绍。

"你们坐下来吃饭。我到前面替伊打开电视。你们先吃。"国雄说着就随老母亲出去。

"告诉伊说那是电视,伊就不说,说是电影。真希望我老了不会这样。"节子说。

"伊都看什么节目?"

"新闻!"

"新闻?"

"是啊,别的,就是歌仔戏也不看。就是爱看电视新闻。有时看伊不在看,转了台伊就反对。只要新闻节目,不管是普通话还是闽南话都看。"

国雄进来了,他笑着说:"老母亲爱看新闻节目。只好转到第四台的整点新闻让伊看个够。"

时间正好是下午一点,整点新闻一开头就是一条独家新闻,吴黄凤看着电视,很注意主播的长相和服装,主播小姐带着兴奋的情绪播报说:"各位观众,时代真的变了,今天凌晨两点,在中和Seven-Eleven便利店遭到一位女性抢劫。店员以为她是女性好对付,结果对方身手不凡,一下子就把比她高大的店员撂倒地上。后来来不及抢钱就跑了。整个过程都被录了下来了。警察人员表示,这个凶手不难找到。"女孩子学擒拿的不多。电视将这个干净利落撂倒店员的画面,回放了三次。吴黄凤却视若无睹。她站起来念念有词,自言自语地向里面说:

"好,你们说会叫我的戆义仔来带我回家,结果骗我,随便叫一个人就要带我走。我才不傻,我被花天房骗一次,我已经学聪明了。没人带我回去,我自己也会回去。我一出去叫手车仔带我到渡船头。到了渡船头?

渡公苏戆槌就会用船带我到菜瓜棚下，前面那一块竹围里面，就是我们家。"

她看里面没人理她，因为电视声音开得很大，没人听见。她又叫："头家啊，真多谢，真劳力，我要回去了。"说完，她打开门，就往车水马龙的街上走出去了。

原载一九九九年四月号《联合文学》

售票口

那一天的清晨近五点的时候,
火车站售票口前的老年人,
都在谈火生仔、老里长和七仙女
的事,
说他们的子女都回来了。

寒流的冷锋夜袭,这个原本就显得湿冷的温泉乡,一夜之间,从昨天的摄氏十八度,再降到摄氏十三度;依山那里的村里,草地上都结了一层霜。

老人家特别怕冷;天气一冷,在夜晚又特别多尿,然而每次的尿量又像酿酒,就是那么滴几滴。难怪以前有一则笑话,说从前有一位乡下人,半夜里半睡不醒地站在尿桶前撒尿,但是排尿却一滴一滴地滴到天亮还没排完。原来隔房在酿酒;酿成的酒也是一滴一滴滴下来的。火生仔已经冲锋陷阵冲了三次了,怪的是,一急起来就像要失禁。但是,知道每次只是"雷大雨小",放从容一点,它却又会闪出来;好在揩手算快,只让"掏枪"的右手弄湿而已。到凌晨四点半,尿又催急,想多憋一下都由不得自己。这明明是恶作剧,又找不到头。气温更冷,冷得叫他关节酸痛不打紧,那缠身已久的,所谓的"老人久年嗽"的老毛病也醒过来,爬上喉头叫喉头痒得无法忍俊。从卧房到厕所,短短几步路就分成三次才走到。因为一咳嗽起来，前后接得紧密，呼吸不易衔接，内压把血液冲到脑袋，头晕眼也花了。这时非得停下来，扶着墙壁才不至于跌倒。然而尿又逼得紧。这样一连串的循环，因为跟尿有关就变得有点像恶作剧。当然，他知道他老了，身体不灵光了，自己七十三的年岁就是那个恶作剧元凶。经他这么一想，好不懊恼地生了一肚子无名火。好在有一个小小的插曲，弄得自己也啼笑皆非，才消了些气。当他站在尿斗面前，拉开拉链，高高掀起左手边的短裤管，老"鸡鸡"竟然只顾它自己，冷得缩头缩尾避寒不见了。但是内急外不急，火生仔急急忙忙低头找寻，他在二十烛光的灯光下，朦胧地看到皱成一团皮的地方，用手指探也探不着。看有一处皮皱成一个像沙皮狗的眼窝的旋涡处，以为那即是龙头蛇口，夹住它一拉，心一松禁，尿也就放出来了。不过是从上头，离他手指夹拉出来的皮，还有三里路的地方。当他发现失误，想禁也禁不住了——手湿，内裤和长裤也湿了。没想到这次排放的量，少说也有半碗。除了想禁的那一刹那下体痛了一下，然后豁出去不管他的感觉竟然舒畅又暖和。该更懊恼的事，一转变，让火生仔禁不住扑哧一笑：老了！真没路用①。经这样调侃自己一下，心里的感觉好多了。

老伴的身体比火生仔更糟，二三十年的气喘病嗄龟，唯一的一帖灵药，乡下人说：嗄龟，斩头蘸火灰。意思是好不了。她晚上睡觉气喘声吵人，所以分房睡在后落的小房间。因为怕风，房门关得密不通风。火生仔心里有点担心，怕刚才的咳嗽吵到老伴。因为老伴的睡癖不好，不容易入睡。睡了，一旦被吵醒，整个晚上就干瞪眼到天亮。

他不见老伴醒来，心里放心多了。好在热水瓶尚有半瓶多的热水。火生仔抖抖颤颤地脱掉下半身的衣着，洗了一下身上的尿味。不一下子水冷了。他还来不及回到房间，老人久年嗽又让他咳得内裤只穿上一脚，裤子就滑到地上，无法弯身拉上来穿好。

"你怎么了？"老伴玉叶喘着气，一边说一边在背后拍着火生仔嗽得弓起来的背。火生仔虽然吓了一跳，在这无依无助的时候，知道是老伴在身边，心也就不那么惊慌了。他的咳嗽无法让他说话。

---

① 没路用：闽南方言，不中用的意思。

玉叶看了看火生仔的情形,知道老先生体谅她,怕吵醒她,什么都由他自己来。她手带着感情适当地拍着火生仔的背。"你应该叫我的。我一直没睡觉。就是没听到你起来。"玉叶一边替他把另一只脚也套入裤管,接着把短裤拉上来,"裤子怎么这么穿?"她只是随便问问。但是火生仔却认真地在心里回她的话:"你瞎了?眼睛没见?"当然玉叶只听得见火生仔的咳嗽,听不见他心里说的。这种情形,好像久年的嘎龟,比起老人久年嗽好多——至少玉叶可以一边拉破风箱喘气,一边讲话。"不是早就叫你不要穿西装裤睡觉?看你现在才弄得来不及小便。人一老了跟小孩子一样。"好在咳嗽咳得凶的时候,一下子也听不清楚别人说什么,要不然他一定会不高兴。

"你忘了吗?今天要去给春木仔他们买车票啊。他们回台北才有座位。我就是想到这件事才慌了起来出来看你……"

"你只知道你的儿子孙子没有座位,个[②]老子嗽死也没关系是不是?"话是这么说,可是玉叶听起来,只

[②] 个:闽南方言,让、使的意思。

是咳得更厉害的咳嗽声而已。她更用点力拍打火生仔的背。他稍移开身子,表示不用她拍打。她还是移近他继续拍。

"今早太冷了,不要出门。不要去买票了。"如果老人家真的不去排队买票,孙子他们也就不会回来。要他去买票嘛,这么冷的天气,要他去排三个钟头的票,也太委屈他了,何况他又咳嗽得这般厉害。本来无法对自己的年岁跟自己恶作剧,拿自己来发脾气,这下总算逮到玉叶唠叨里的把柄,可以发泄发泄,却又咳嗽得不能自己。现在咳嗽有了间歇,又听到老伴劝他不要去排队买票。所以气也使不上。"你这种人啊,咳嗽成这样,人未到,声先到,当不了小偷。算了,快进到房间穿好衣服再缩到被窝里暖和暖和。"玉叶说。

"怎么?昨晚又没睡好?"他也关心她了。

"有什么办法!一躺下去,上气就接不上下气。"

火生仔知道老伴很想儿子和孙子回来。他们很久没回来了,他也想。"我想,我还是去排队好。"他看看时间,说,"四点四十五分了,今天迟了,再不出去,恐怕排不到。"才说完,咳嗽又来了。

"这么冷。"她心疼老伴,但听老伴坚持去排队买票，心里实在很高兴，"你又咳得死去活来。"

"又，又不是今天，才咳嗽。"他咳得没有办法把一句话一次讲完。

"你要是要去排队买票，就得多穿几件衣服，再把大衣穿上。"

"棉被剪一个洞套上去不是更好？"

"我是跟你说真的，你却跟我说笑。"

"能穿多少？穿得像阿不倒仔③好不好？外头那么暗，跌倒了叫谁来扶我起来？"

"我穿多一点跟你去？"玉叶气喘着兴奋地说。

"不知死活！你那种三保身体也敢想出去？"火生仔生气了，咳嗽又上来。

"没关系啦。我多穿一点。"玉叶恳求着。

玉叶带有点撒娇的语气，火生仔并没领情，一来咳嗽没能让他即刻回话，二来他知道老伴在屋子里就气喘得如拉破风箱，要是这种天气，一到外头，就是不出事也会有麻烦。另外春木一家人很久没回来了，这次说希望家里去替他们买车票。当然，这是老人家求之不得

---

③ 阿不倒仔：闽南方言，不倒翁，这里形容笨重。

的。虽然预售票的窗口七点半才开,这里的老年人,有哪一个不为在外乡的年轻人回乡"省亲",一大早四点半钟左右就去排队买票的?年老体衰,遇到这么冷的天气,去也不是,不去也不是。这种矛盾的情形,像是好多好多看不见的纱线,零零乱乱地缠着火生仔,让他一时解不开而懊恼。

老伴看得出来,火生仔这次不知是哪两条筋绊在一块,又在生气。他一连串的老人久年嗽,叫他咳得上气接不上下气,整个脸涨得通红,身体像拉紧的弓,一咳就弹跳,合不拢的嘴巴,口水直垂牵丝。玉叶一看心一急,自己的哮喘也附身上堂,像拉破风箱的气喘声也急促鸣响。两人有一段时间,谁都照顾不了谁,各自扶着墙壁和扶着桌子稳住自己,演奏起极限主义派的二重奏。两个人好不容易才逮到一处休止符,玉叶用破风箱的声音说:

"我看,不要去了。等天亮我打电话给他们,说没买到票。要不要回来,随他们。你不要去买车票了。外面冷死人。"

"苦他没时、时间回来,你却……"咳嗽由不得火生仔说完,又咳了。他心里恼怒极了。

"叫你不要开口说话，你偏不听。"老伴移身过去拍他的背。他一时觉得此人唠叨得讨厌，把身体一扭，闪开老伴的手，表示不让她拍，不稀罕她关心。为了赌气，哪知道这么一扭，腰闪了。整个人像触电，中了定神法一样，僵在那里动弹不得。但是咳嗽不停，每咳一声，全身就弹一次，每弹一次，闪腰的地方就疼痛得不得了。火生仔瘫卧在冰冷的地上，除了脑筋由得他去生气，身体的部分只有由他爱怎么咳怎么痛，根本就没法抑制，连想叫苦叫痛都不能。整个人像一只被捞上岸的虾子，一弓一松地弹动不已。老伴试着扶他，但他却连动都不动。自己使了力气，气喘就加剧。最后她留了一点力气叫救命。但是，不仔细听也不容易听清楚。她叫："救、救……救人……"每一个字都得呼吸一次，并且呼吸又是那么困难。好在家里的那一只黑狗，亏它知道发生了事情，它不寻常地狂吠，这才把隔壁人家的媳妇淑英吵醒。她耳朵贴着墙听，除了狗的吠叫之外，还模模糊糊地听到火生伯咳不成声的嗽，还有火生婶的气喘。她叫醒了家里的男人，撬开门跑过去看个究竟。淑英他们看到火生伯倒在饭厅吐了一堆，还失禁。火生婶抱着棉被倒在甬道，她除了气喘，口里还念念有词不知她在说什么。淑英拿起电话就拨了急救电话。

没一下子的工夫,二老都被送到医院急救去了。

老里长旺基也准备到车站排队。儿子跟他约好这个周休二日回来。其实他早已醒过来了。但是稍贪一点被窝里温暖,做了一个记不起来的梦,一惊醒过来,一看时间已经五点了。他知道晚了。他连泡一杯热牛奶也没泡,套上外套,踩着运动鞋的鞋跟就踏出门。老伴前不久才过往,他好像听到她在背后叫嚷:"你这个生番,这么冷再怎么赶也得多穿几件,泡一杯热的喝一喝才出门啊……"她就是这样,任何事你准备得再周全,她还是有得唠叨。是幻听或是自己想的也好,只有这样才觉得平常。

旺基到了车站,已经有一二十位老人,把十一二坪大小的候车室塞了大半。预售票窗前聚五六个,随后还有一只小板凳,靠墙角行李托运台那里四五个,还有十多个人分别散坐在候车室的椅子上,他们都知道谁在谁的后头。"哇!天这么冷,你们也起得这么早。我看我今天排不到票了。"旺基问,"我在谁的后面?""我的后面。"坐在寄行李台那里的老校长说。

"校长你也来了,你买几张?"旺基问。

"四张。他,还有他也买四张。"

"哇!真的没希望了。留几张让别人买吧。"旺基笑着。嘴巴这么说,他还是接着排下去。他排好顺位,低下头把踩成拖鞋拖的运动鞋穿好。他挺起身抬头才听清楚,今早售票口前的老人,他们头条的话题,谈的是火生仔他们二老。

"算他们夫妻俩贵人真现。怎么那么巧碰到隔壁成德的媳妇肚子痛上厕所,才听到狗叫和二老一个呻吟叫痛,一个气喘喊救命。"

"有没有叫人打电话到台北通知他们的子女?"

"怎么会没有?不过在宜兰他们还有叔伯的亲戚,先通知那里。那边的年轻人一下就到了。"坤养是另一边的邻居,有关火生仔他们家,他也很熟。"本来今天早晨火生仔也要来排车票的。"

"现在不用排车票,他们的孩子和孙子也都会回来了。"有人这么带着讽刺地说。

"弄到这种地步年轻人才肯回来,那也太悲哀了。"

"你说我们一大早四点就出来排队买车票,要排三四个小时这样,这不悲哀?夏天蚊子叮,像现在寒天，霜风像刀割。有时稍迟一点出来，还排不到票。这不悲哀？"

整个候车室等候为在外地的年轻人排车票的老年人，听了这句话，都露出淡淡的苦笑。

才从某一所小学退休下来的老校长，他打破了沉默说："都不能怪谁，怪时代。我们有一句话，'入乡随俗'，同样我们踏入新的时代，也要跟着新的时代走。只有这样，对现在年轻人的做法、想法，你才不会觉得奇怪，才不会感到天地颠倒过来。"

有些老农夫还不能完全听得懂校长的话，听得懂的人，认为话是这么说没错，但是从生活经验里觉得那是高调。校长的话说完之后，虽有片刻的沉默，老里长有点耐不住了：

"活在新时代就要跟新时代走。这谁不会说啊。问题是要怎么跟？要怎么走？"

"是啊！要怎么跟？怎么走？"

只要有老校长来排队买票，那一天的候车室就像在上他的课，不听也躲不开，听嘛，实在无趣。其实老里长的反问，跟校长的话一样抽象，但是它让人觉得有了挑战，就引起大部分人的兴趣了。

"我教书教了四五十年了，你们里面哪一家的小孩和孙子我没教过？"老校长坐在行李窗口的水泥台上，环视着室内的人，"你说，老里长伯仔，你今天来替谁买车票？"

"我？"

"你是来替你的杨福生买车票对不对？杨福生五年级和六年级都是我教的。那时候初中还要考，他考上宜中，后来去台大后再去留学拿博士回来的。"

老里长本来心里有点讨厌校长。但校长把儿子杨福生一路念书的好纪录在大庭广众的面前说了出来，这事虽然在这小地方大家都知道，但是经他再说出来，令他感到十分有面子。他看着大家笑笑，准备跟校长抬杠的心也消失了。

外头还很昏暗，站前的路灯也被冻得见亮而不见光地发愣。赶头班车的人，大包小包、大笼小笼装满货物双头挑担的鱼贩和菜贩，从外头像是从水底冒出头走上岸地走进候车室；室里的人打量着他们，他们放下身上的货物，也看看大家，不相识的也算是打了招呼，相识的却有一份意外相遇的喜悦，打破此时感觉上冻僵的空气。

"清池仔,你这么早!"

"叔公,您也这么早来排车票。"

"是啊,顶新他们要回来。"被年轻人叫叔公的老人愉快地说,"担虾仔?"

"赶瑞芳的早市。最近连寒天虾仔池反池,不捞些去卖恐怕会死光。来!带几条斑节虾回去吃啦。"

"不用不用,我要我会去虾池捞。"

"现在斑节虾一斤多少钱?"有旁人问。

"猪仔摔死才讲价,不成钱了。"

从花莲来的火车快进站了,平交道的叮叮当当响声,像是不畏寒的小孩,从路口那里跑进候车室,当天的售票口才开。几个赶火车的挤在一起买票。看它就来不及了,火车走了,该上车的也都上了。小小的窗口又卡啦的一声关了。

"叔公——爱吃虾子到家里去捞啊。"年轻人站在车门,向候车室里叫。

"会的会的,我会去看你母亲。"老先生提高嗓子回话,同时他也觉得十分有面子,"这个少年团仔很乖。父亲早死,家里的事,大大小小都他在挑担。弟弟妹妹都上大学,都靠他。他只有初中的程度呢。"

"读大学？现在这个时代，子孙读大学，做父母的都变成老奴才。"

"说的也是。"有人颇认同这个社会直觉的统计结论。因为在旁的人都在笑，其实也是表示同意这种看法。说话的人得意得故作辩驳状说："是真的啊，好笑？"

"是他母亲有福气啊，小孩大了还能留在身边。哪像我们还得来这里为他们排车票。"

"这个时代的孝子和我们那个时代的孝子不一样了。这个年轻人是属于我们那一代的孝子。没了，没地方找了。"

"是啊，到了这一代刚好反过来。什么时候让它颠倒过来都不知道。当知道的时候已经就反过来了。"说的人无奈地笑着，听的人也一样地笑着。但是不管冒着这一天的严寒或是雨天，来车站排队买预售票的老年人，没有一个是不情不愿地，并且还抱着深深的期盼。

"我们还活在这个时代，这个时代是年轻人的时代，也是我们的时代。"老校长又要说教了，"观念。观念最要紧！"

"校长，你今天是为你家的谁当'孝子'？"

在场的人都笑起来了。老校长有点不悦，但是又不能不答："我那个第五的，在美国得到超博士的那一位，现在在新竹科学园区做工程师。那没什么。我说时代不同我们都得认。你不认，你一大堆批评，时代敢会为你的批评改变？改变一点点？"

"不用讲了，校长。今天因为你的子女有才情，在美国得到，"老里长一时说不上，"你讲得到什么博士？"

"超博士。"

"噢！超过的超吗？"他看到校长点头，"是超过博士的那一种超人喔。这不简单……"老里长话说到这里，一时想不起来话要怎么接回去，他随便说，"那你就是超博士的'孝子'，不错嘛！嘿嘿嘿。"还有他背后的笑声，像是为他助阵，叫他显得很得意。

老校长收敛了一下说教的语气，但是那只是他想，并且话想接下去，一时也想不出老里长的话意。不过，最近他觉得一些官员在电视新闻里，常说到双赢、零和，还有世界观这类的时髦词汇，他只要有发表言论的时候，也常套用。就在这时刻，他没源没头地接起了话，说："人的眼光要放远，要有世界观。只有这样，你才能看清楚发生在你身边的，或是发生在你身上的大大小小的事情，"想了想，他继续道，"对了。才不会大惊小怪，叫什么时代变了、天地颠倒反了。"不管辞是否达意，这样的话语，让他觉得冠冕堂皇，四平八稳。

也因为如此，就算听不懂的人，也只好敬畏他。

但是老里长骨子里就不认为校长有多了不起，不顶他几句，还让他在这里，以为他是什么人物。"是、是，你识字，你认识世界，你有世界观。我们是种田的，只认识宜兰，只有宜兰观，你的地图是大张贴在墙壁上的，我们的地图是一张仔子④的……"虽然背后有些笑声，但他清楚地听见："旺基？"衣角被重重拉了一下。老里长话打住，转过头看看拉他衣角的人。那个方向离他最近的人，叫育林，离他还有两三步远。育林兄是最没话的人，不可能拉他。旺基瞬间表情有变。旁人也很清楚地看到。其实，就在这时候，他心脏的老毛病又来了，它不规律又强力地跳了几下，胸口接着有些气闷。死爱面子的他，因刚刚才跟老校长抬杠，再怎

---

④ 一张仔子：闽南方言，意思是一小小张。

样，气势是不能示弱的。

"怎么了，旺基嫂骂你对不对？"有人问。候车室的人都笑了。因为他曾经在这种场合，提过他老伴常常在他身边对他说话的事。

"刚刚有没有人拉我的衣服？"

"没有。"校长说，"谁拉你的衣服？"

在场的大家互相看了一下。"谁啊？"

"有没有听见有人叫我？"老里长认真地问着。

"只有你和老校长在说话，哪有人叫你。"

原来很轻松的场面，被老里长一副认真的表情，搞得有点点紧张。好在又有人说：

"没别人，旺基嫂叫你的。"

"我刚才出门，她也叫我多穿衣服，说外面冷，喝一杯热牛奶再出去。"经他这么一说，大致上算轻松的候车室，一时变得阴阳参半，现在外头冷，骨子里也似乎冷了起来。有几个八字比较轻的人抖索了几下。往花莲的早车时刻也快到了。南下的旅客从昏暗中，冒出在候车室的门口。因时机气氛的关系，他们那在瞬间冒出来的模样，真有一点阴气。

"不了，不了。我知道我今天排不到票。我回去了。"老里长说着就往外和走进来的旅客擦身出去。

"老里长伯仔想老牵手啦。"老校长带着玩笑说,"要回到家里躲到棉被里哭是吗?"这一下候车室里面的人都笑起来了。老里长随着笑声消失在昏暗中。

"几点了旺基仔嫂敢不回去?"

福寿仔看着才走进来的旅客说:

"他们是搭五点十分的车到花莲港的。"

"就是说嘛,是天比较暗,五点十分公鸡早就啼过了,有的话,旺基仔嫂早就回去了。"

"旺基仔想某⑤了,想过头,常常说他听到老牵手跟他讲东讲西。"

"良心讲,我们这里面的查甫人,旺基仔老里长最疼惜某。"原来不讲话的苍海也说话了。

当日的售票口卡啦一声开了。往南的人准备买票。这时入口处有一人慌张地上来。

"火车走了吗?"女的问。

"还没。才开始卖票。"

"还不快一点!"女的很有精神地往外叫。马上紧

---

⑤ 某:闽南方言,指老婆。

接着排队。

随后她的老先生拾级上来，看他呼出来的水气频频，好像是半跑过来的。

"进财仔，你们两个透早要去哪里？"

进财还没看清楚谁跟他打招呼，排好队的进财嫂就开口了。

"阿圳仔你这么早就来排队。我们要去花莲看囝仔子，他在花莲做兵啦。进财这个没效的⑥，游览车不敢坐，只敢坐火车。"她看着她先生，"你没看见，东西都是我提的，他空手走路还走得前气接不着后气。"她很大声地说着。

"进财仔，最近身体怎么？"阿圳仔问。

"腰节骨都伸不直了。"他痛苦地说着。

"少年呷坏的……"

她的话被售票员打断。"轮到你了。"

"呃！花莲两张。"

"呷死比死没呷好，呷坏了也不坏！"旁边有人打趣说。

---

⑥ 没效的：闽南方言，意思是不中用。

火车进站了。进财仔明明走动了,进财仔嫂还在后头催。"紧啦!"

候车室的人目送着他们的背影,阿圳仔说:"娶到这款查某人做某,像中了奖券的头奖,没地方找了。"

"你这么说?你知道吗?进财仔家的事,大大小小都是这个玉兰做的,莫怪她查甫人性。"苍海婶为玉兰抱不平。

"真的,进财仔少年时,花天酒地很会花。嫁给他日子不好过。"进财仔的邻居说。

"他的幺儿真糟糕,在部队吃不了苦。三两天就打电话像发催命符,二老接到电话再怎么不便,拼生命用爬也要爬过去。听说为这孩子花不少钱了。"

"宠坏了。这和进财少年时一样。"

火车走了。载走了进财,留下进财他们的话题,也当着这些老人们填时间的东西。

"说一样米饲百种人,一点也没错。老校长家的超博士也是孩子,进财仔家的阿兵哥也是孩子,刚才担虾仔赶早市的年轻人也是人家的孩子。唉!"金池说完了叹了一口气。他最近和老伴才从美国回来,原来计划在加州老三那里住一个月,然后再到得州老四那里住一个月的。没想到两个礼拜不到他们就回来了。回到台湾又不敢一下子就回到宜兰老家，预定在台北的孩子家最起码也得住上一个月。因为去美国前，接受乡亲饯行，还说这一趟至少也要待上两个月。哪知道，连台北儿子家也没法让二老住满一个礼拜。他们硬着头皮回到乡下，见了朋友和邻居，只说是老伴水土不服。其实，到了那里和他们想象的全不一样。简单地说他们是痛心哭着回来的。

候车室的老人没公共话题的时候，随着他们散落的位子，自成堆簇，各小簇人堆，聊他们的话。街上的商家谈景气，农家埋怨温泉空心菜，在公路上设摊的密度，就像鬼节普度，挨家挨户设案供拜。温泉行业怪现在警察不通人情，搞得客人不敢来找小姐洗澡。靠海那一边的人，谈养殖场反池的灾难，一两星期来，鱼虾死了大半。说什么漂浮上来的鱼肚，也成了一片天。政府派来了专家学者，两次不同的人有不同的看法。这种科技的问题，还说是见仁见智。总而言之，人多话多，等着买车票的三个半小时的时间，够他们用各种话题去填满。

到了七点，北上南下通学的学生，还有上班的公务员,进进出出地使候车室温暖了不少。买预售票的老人们,也开始咬住认好的前头整队。原来散开在各个角落的,都回来排成一列。

那一只先来占位子的小板凳,被人踢来踢去,踢到后头椅子底下去了。加了大衣显得更加肥胖的七仙女大饭店的老板,一进候车室就找小凳子。"我的椅头仔呢?"他连叫了好几声,没人理他。"我透早就叫店里的阿财来占位子,他告诉我说排在第四个位子。"他找不到椅头仔,走到排在第三和第五位的文进和丁财之间,脸涨得通红说:

"我的位子就在你们两人中间。"

"我不知道。"丁财说。

"我也不知道。"文进说。

"什么不知道?我们透早就放了一只椅头仔在这里占了位子的。"

"椅头仔在哪里?"后头的人问他。

"真没意思,椅头仔放在这里怎么会没了?那就奇了!"他勉强稍低下头找板凳。最后好不容易才在候车室靠墙的椅子下,看到了他四脚朝天的板凳,贴在墙角里面。他想探身去捡,却一点办法也没有。嘴巴嘀咕嘀咕说些不愉快的话。排队买票的老年人也嘀咕着交换眼色，表示此人不可理喻。有一位女学生替他把板凳拿出，他接了板凳来到文进和丁财之间，重重地把板凳往地上一摔，站在那儿让涨红的脸变紫。

"稍差不多一点。"丁财说，"我肯你还得看看后面的人肯不肯？"

"不管！"

"喂，七仙女，你睡得暖暖的，然后找个椅头仔一放就算排了队。哪有这样的事。"老校长开了口。其他人也纷纷表示不满。

"我、我们阿财，透、透早就来排了。"七仙女气得舌头打结。

后头的人故意挤丁财。丁财和文进贴得紧紧的，肥胖的七仙女根本无法插队。这时老人家像小孩，挤得好笑，贴紧也好笑。七仙女的嘴唇发黑了。没一下子的工夫，腿一软，整个人就瘫倒在地上，口吐白沫，浑身痉挛颤动。

有人马上向前要扶他。有人喊不能扶，要他躺着等救护车。候车室一时像蚂蚁窝被打动，有往外跑的，有往里钻的。等救护车来时，七仙女已经不再颤动了。

第八天后是农历的好日子，乡里有三处路段的路中间，临时竖起牌子，上面写着"告别式，车辆请改道"。那一天的清晨近五点的时候，火车站售票口前的老年人，都在谈火生仔、老里长和七仙女的事，说他们的子女都回来了。

原载一九九九年六月十一日至十二日《联合报·联合副刊》

附 录

空气中的哀愁

蔡诗萍　专　　访
王妙如　记录整理

◆社会意识成形

蔡诗萍：谈到黄春明，很难不从您的小说谈起，您在隔了很长一段时间之后，近来又有新作出现，现在和当年在写小说的心情上应该有很大的差别，您认为最大的改变是什么？

黄春明：现在的写作较具中心，比较有社会意识，以前虽然也有，但较不清楚，多属于个人的感动。像我最近的创作就有一系列关于老人的作品。台湾社会变迁很快，与我父执辈同一代的老者，往往被留在台湾某一处的山区或乡村，终日期盼子女能抽空回来探望，无奈晚辈们总有千万个无法返家的理由。于是有的老死无人知，直至尸体发臭；甚而有的尸首还被狗给吃了……想想，这些老者，当他们年轻时，上有高堂，不必去学校接受知识的洗礼，就自然知道对父母行孝；下有子女，再贫困的年代，也咬紧牙关把子女养大。这种现象当然有部分归咎于个人忘恩负义的不孝行为，但整体观察起来，这和现在社会结构的转变有很大的关联。这就有如日本《楢山节考》影片中，唯有把老人送往山上去自生自灭，才能减少消耗，维持村中的平衡及生计，当然其中也有人不忍这种作为，但却也无可奈何，因俨然已成了一种文化。如此看来，我们何尝不也是《楢山节考》，我们虽非把老人遗弃山中，但却是直接留在家乡，改由年轻人出走，老人一样自生自灭，成了被牺牲的一代。因此，在面临了这样的遭遇，老人自己就要有生涯规划，社会政府更应有完善的老人福利政策。

蔡诗萍：相较于过去的作品，近来，您作品明显地呈现了较多的社会意识。您的看法如何？

黄春明：其实早在创作《莎哟娜啦·再见》时，就有强烈的社会意识出现，但随着年纪渐长，思想慢慢成熟，写作技术上就有更多的突破。

◆ 年轻的创作活动

蔡诗萍：回过头去看您在二十世纪七〇年代的小说创作，您认为有什么缺点，在今日重新创作是否能有更多的超越？

黄春明：过去和现在的作品固然有所不同，但不一定是超越，年轻时的创作仿佛泉涌，一气呵成的感觉很好，那正是生命力的表现。不过，当时的创作中个人的感性较多，不似年纪大了，懂得将情感收敛压制，且不煽情，多留给读者一些想象的空间。

蔡诗萍：很多人提到您早期小说中男性角色的分量极重，如《青番公的故事》《莎哟娜啦·再见》主角大多是男性，只有在《看海的日子》中才出现了白梅这个女性的角色，请谈谈其中的原因。

黄春明：因为当时就是以男性为主的社会，白梅虽是女性，但仍是生存于男性社会中，尤其在受到了百般压迫后，益加显现她的圣洁。女性主义者或许会抨击，认为不应将白梅受苦的经验当作美感来谈。但我认为对过去古人的批判不能太强烈，务必了解当时的思想及社会才能加以批判，如以今日的民主去批评以前的封建，那是不公平的。其实《看海的日子》里谈的，不只是女性，而是人性，正因为白梅是个女性，在那样恶劣的压抑扭曲下，更显见她的牺牲。

◆ 与土地的结合

蔡诗萍：当时最大的争议是，为什么会选择白梅这样一个妓女的角色来突显这样的特质呢？

黄春明：如果角色安排是一般人，所受的压力就没那么大。以前我在保安街一带，看过不少面貌清秀的女孩受环境所迫而当了妓女，我常想，如果她们是我们的亲人或邻家女孩，一定备受呵护。据我所知，她们绝非一般外界所误解自愿堕落，因此，这样的人物更显伟大。

蔡诗萍：在您的作品中，不论男性或女性都有一个共通的环境，即是到最后都和土地有很深的结合，如白梅到了最后仍回到了渔村，散发出女性强韧的特质；男性为主的题材更比比皆是。进一步落实到现实生活来看，您和宜兰、罗东这块土地的感情也是非常深刻，从写小说的题材，到现在我们所看到您从事的许多工作，如儿童文学、地方戏曲的研究、族群的探讨、小区营造等，都是和土地息息相关的，因此，土地应是酝酿您成为一个特殊的小说家的关键。

黄春明：我在一首龟山岛的诗中反映出这种心声，以前我们到外地是不得已的，坐着火车，龟山岛就在我们的右手边，心里是很难过的，因此，我说"龟山岛那是空气中的哀愁"；而返家的人，当看见龟山岛映入眼帘，就算离家尚远，也仿佛觉得已经到家了。因此，我觉得人对土地的情感，以及人格形成的时机，应在童年时候着床。如果缺了对土地的爱，就像荣格人格心理学中所说的没有对土地的认同，人格的成长会受到扭曲。

蔡诗萍：您认为宜兰这块您所成长的土地有什么样的特质？让您在和它的互动中，产生很强烈的感触。

黄春明：我想倒不是什么样的特质，由于我在宜兰长大，若它没有什么特质的话，我一样有这样的感情。我曾思考过，宜兰的铁路在1922年才开通的，算台湾交通史上最晚的一条铁路，于是就有套用民谣成了"丢丢铜"来表示愉快之情这样的歌曲，因为一向叫作"别有天"的兰阳和外地有了流通。其实，以前从宜兰到外地去的人是不得已的，例如挑夫就到万华、大稻埕一带将东西挑到新店或他处，一天下来，数趟的往返是在所难免的。从这点来看，在此之前，宜兰的确是别有天地，和外界少有交通，因此，我们讲话就保有特殊的腔调，风俗习惯也极有自己的特色，正由于这样的背景，很容易让土生土长的宜兰人一讲起家乡就如数家珍。一个人对土地家乡的爱有多少，没有磅秤可称，但当他一谈起家乡滔滔不绝几个小时聊不完，您就知道他有多爱家乡了。人在青春期难免迷失变坏，但如果懂得真正去爱自己家乡，再怎么坏，终究会被土地唤回的，因为土地就像母亲一样。

◆ **族群的深情**

蔡诗萍：您谈到土地就是母亲，这个讯息在《莎哟娜啦·再见》中传达得更清楚，进一步将对宜兰的爱扩大成民族的尊严，特别的是，其后您还自编自导。在事隔多年之后，您自己如何来检视这部分的感情？

黄春明：荣格的心理学提到，人有三种认同是不必经由学习即可产生的，一是对于出生地的认同，人对土地的爱在童年时期就已着床；二是对族群的认同，再扩大说就是对民族的认同；最后才有对国家民族的认同，这些都是不必学习的。所以当时无论从历史课本中或现实生活的经验里，对日本民族在心态上都产生了批判。

蔡诗萍：您对于宜兰的族群问题花了不少时间心力关照，像您这样一位深具历史感的作家而言，对您所生长的这块土地上所产生的变化，您有什么样的看法？

黄春明：族群的融合固然是件好事，但事实上并非如此，反倒是弱势团体处处委曲求全，以目前的社会结构分析，仍是以闽南人、客家人最有利，教育、经济、医疗各方面都享有较好的条件。而最艰苦的工作多是台湾地区的少数民族在做，这就是所谓结构的暴力，真正的融合就必须打消这样的暴力。像我在《战士，干杯！》文章中就写到好茶村中，一个名叫"熊"的山地青年杜先生，屋中墙上的镜框中镶了三张人像，第一张使我受到惊吓，竟是一个日本兵，我问那是谁？熊说是"我妈妈的丈夫（前夫）"；而日本兵旁边的一张，熊说那个"共产党"，才是他"老爸"；他引我看第三张，是一位穿迷彩装的国民党兵，他说那是他大哥，一次出任务时牺牲了⋯⋯我无法再听下去，像这样悲惨的事，竟全发生在他们家族，更何况，他们四代男人，除了当自己部族的勇士抵御外敌，竟全当了别人的战士，去跟一个根本和他们无冤无仇的人敌对奋战，这种荒谬的情形，在今日世上，恐怕更难找了！

◆**文学为伴走过成长路**

蔡诗萍：您曾有一段充满叛逆的青春期，如今回首来看，文学在您的成长及性格陶冶上给了什么样的帮助？

黄春明：我认为文学及土地的呼唤对我的成长有

极深的影响，由于我的母亲早逝，加上成长背景中诸多不顺遂，我常自怜自弃，觉得自己是世上最不幸的人；直到我读到沈从文、契诃夫的作品，从那么遥远的地方撼动了我的心，尤其是契诃夫的作品，其创作年代，连我爷爷都还没出世！但他所写的人物竟让我读到哭了出来，后来我就没有再为自己哭过，我已突破了自怜的茧。而自小，我在团体、人群里始终找不到一个位置，直到后来我向《联合报·联合副刊》投了《城仔落车》的稿子，受到素未谋面的主编林海音的肯定，仿佛也给了我的人生一个定位。

其后，我在中广负责广播节目，当时的播音员多半从报章杂志剪下一些文章，在狭小的播音室，透过麦克风传送给听众，而我却颇不以为然，在我的认知里，只要声音能透过我的麦克风播放出来，就是播音员，而麦克风能播什么样好的内容让人听，那个地方就是播音室，如此说来，地球原本就是一个播音室。这些都是文学所给我的影响。